Guter Rat kann tödlich sein

Christiane Fuckert / Christoph Kloft

Guter Rat kann tödlich sein

Limburg: Zweiter Fall für die Pfarrhaus-Ermittler

Bibliografische Information der Deutschen Nationalbibliothek
Die Deutsche Nationalbibliothek verzeichnet diese Publikation in der Deutschen Nationalbibliografie; detaillierte bibliografische Daten sind imInternet über http://dnb.d-nb.de abrufbar.

Alle Handlungen in diesem Buch sind frei erfunden.
Ähnlichkeiten der Figuren mit lebenden Personen wären rein zufällig.

Alle Nutzungsrechte dieser Ausgabe bei
Gardez! Verlag Michael Itschert
Richthofenstraße 14
42899 Remscheid
www.gardez.de

Lektorat und Korrektorat
Michael Itschert und Roland Reischl

Satz
Roland Reischl, Köln

Covergestaltung
Sandra Ullrich, Remscheid

Titelbild
© Christoph Kloft

Druck
CPI, Leck. Printed in Germany.

Originalausgabe, 1. Auflage 2017

ISBN 978-3-89796-276-7

1.

Ein kalter Novemberwind trug das Glockenläuten des Domes weit über die Dächer von Limburg. Die hohe Linde vor dem kleinen, außerhalb gelegenen Pfarrhaus war längst kahlgefegt. Das feuchte Laub bedeckte nun den Vorgarten, und wie zu einer Aufforderung zum Tanz hoben sich Schwärme von Blättern und wirbelten wie kleine Taifune im Eingangsbereich umher.

In der wuchtigen hölzernen Tür stand Haushälterin Klara Schrupp. Die Hände in die Seiten gestemmt, schüttelte sie immer wieder ungläubig den Kopf. „Wo können die Dinger denn nur sein?“, murmelte sie vor sich hin, während ihre Augen ratlos über die Umgebung huschten und dann wieder zurück in den Hausflur.

„Dieser Schludrian! Ich sag's ja, je älter er wird ...“ Plötzlich tippte sie sich gegen die Stirn, drehte sich um und verschwand im Haus. Dort zog sie hastig ihren beigefarbenen Wollmantel an, der ihr schon seit gewiss dreißig Jahren treu diente, und schlang einen Häkelschal mehrmals um den Hals. Ihr Hütchen würde diesem Sturm nicht standhalten. Ihre Ohren aber auch nicht, auf kalten Wind reagierten sie sehr empfindlich. Kurz entschlossen reckte sie sich und angelte die gefütterte Kappe ihres Chefs aus dem Garderobennetz. Besser nicht in den Spiegel schauen, beschloss Klara, als sie die fellbesetzten Schlappohren an beiden Wangen fühlte.

Sie zog die Haustür hinter sich zu. Die Uhr der kleinen Kirche gleich neben dem Pfarrhaus schlug vier Mal, unterlegt vom Dreiglockenläuten des fernen Domes. Was mochte dort am Samstagnachmittag gerade stattfinden? Solch ein fröhliches Läuten war meist verbunden mit einer Messfeier oder einer Hochzeit.

„Hochzeiten“, sagte Klara beinahe abfällig und überlegte kurz, ob diese Bezeichnung sinngemäß von Hoch-Zeiten herrührte. Gleichgültig hob sie die Schultern, konnte sie doch mit diesem Thema selbst nach so vielen Jahren an der Seite eines Kirchenmannes nicht sehr viel anfangen. Auch ihr Pfarrer befand sich gerade in einem Traugespräch – einer seiner wenigen Termine, bei denen Klara ausnahmsweise keinen Wert darauf legte, ihn zu begleiten. Dennoch bedeuteten kirchliche Trauungen für die Haushälterin jedes Mal aufs Neue einen Höhepunkt der Rührung. Wenn ihr Pfarrer das Brautpaar segnete und seine Hände über die beiden vor ihm niederknienden Menschen breitete, schniefte sie selbst noch heftiger als die Brautmutter. Verließ Klara aber danach die Kirche, schob sich unweigerlich die Statistik mit den Tief-Zeiten und der hohen Zahl der Scheidungen vor ihr Auge, und sie war glücklich und zufrieden, auf Lebenszeit ein Fräulein geblieben zu sein. Fräulein Schrupp.

Als sie jetzt über den Kiesweg entlang der kleinen Kirche schritt und diese Anrede auf sich wirken ließ, empfand sie den Klang der zwei Worte weitaus edler und reiner als das ständige, fast schroffe „Frau Schrupp“. Dass sie eine Frau war, konnte jedermann auf Anhieb erkennen, aber ein betagtes Fräulein, das war heutzutage schon etwas Besonderes ...

„Frau Schrupp!“, vernahm sie hinter sich, und wie aus einem zarten Traum gerissen, drehte Klara sich zur Straße um. Dort stand die Nachbarin von gegenüber und winkte wild mit einem Briefumschlag. „Den hat die Post falsch eingeworfen! Und ich habe nicht auf die Adresse geschaut. Also hab ich ...“

„... ihn geöffnet“, ergänzte Klara mit resignierter Betonung und stapfte so energisch auf die Frau zu, dass ihr die Schlappohren der Kappe ins Gesicht schlugen.

„Und? Was schreibt man uns denn so?“ Schon hatte sie der anderen den Umschlag aus der Hand genommen, warf ihr einen strengen Blick zu und wartete nicht auf eine Antwort. Hoffentlich handelte es sich nur um Werbung oder dergleichen. Das wollte sie jedoch erst später im Haus in Erfahrung bringen. Sollte es sich nämlich um einen privaten oder verfänglichen Inhalt handeln, musste die neugierige Person von gegenüber ihr den Ärger nicht anmerken.

„Da werde ich mal ein ernstes Wörtchen mit dem Briefträger reden, ein Pfarrhaus ist doch eine diskrete Anschrift und kein x-beliebiger Haushalt!“, grummelte Klara, die sich wieder auf dem Kiesweg befand, um sich den hinteren Anbau der Kirche vorzunehmen. Vielleicht würde sie dort finden, wonach sie so verzweifelt suchte.

„Ohne mich wäre dieser Mann so verloren wie das Schaf im Lukas-Evangelium“, sagte Klara zu ihrem Schlüsselbund, während sie das passende Teil zum Schloss von Pfarrer van Kerkhofs Heiligtum herausnestelte. „Nur, dass ich kein Schaf suche, sondern seine schwarzen Schuhe. Gott sei Dank hat mein werter Herr Pfarrer nur zwei Füße, sonst wäre ich den halben Tag auf den Beinen, um sein Schuhwerk einzusammeln.“

Klaras Augen hatten Probleme, sich von der Helligkeit auf das matte Licht der Glühbirne im Innern des Anbaus umzustellen.

„Eine Sechzigerbirne wäre hier nicht schlecht“, merkte sie für sich an, „und seine Harken und Rechen hängen auch nicht in der Senkrechten. Ob er was mit dem Gleichgewichtssinn hat, der Herr Pfarrer? Ist hier drinnen doch sonst so penibel. – Ach, und den Rasenmäher hat er nach dem letzten Schnitt auch nicht gesäubert. Er lässt halt nach, der gute Mann. Wie wird er wohl beisammen sein, wenn er mal so alt ist wie ich?“

„Das werden wir abwarten müssen, liebe Klara!“ Die Stimme war so nah, dass Klaras Knie nachgaben und sie ein Stück rückwärts taumelte.

„Mein Herz! Herr Pfarrer!“, stieß sie kreidebleich aus, „Sie kommen ja so lautlos daher wie ein Einbrecher!“

„Ich habe angeklopft, Klara, aber Ihr Herz ist Ihnen jetzt wohl in die Tasche gerutscht?“ Seiner Stimme war deutliche Belustigung zu entnehmen, als er auf ihre Hand deutete, die sich auf die Manteltasche drückte. Instinktiv korrigierte Klara ihre Geste, spürte jedoch die Kränkung heiß in sich aufsteigen, als sie das unterdrückte Lachen Pfarrer van Kerkhofs wahrnahm.

„Ja, lachen Sie mal ruhig über Ihre Haushälterin, die schon eine ganze Stunde verzweifelt nach Ihren schwarzen Schuhen sucht. Morgen haben Sie Gottesdienst, da sind Sie dann aber froh, wenn Ihre Kleidung komplett und sauber bereitliegt!“

Nun konnte der Pfarrer in der Tat nicht länger an sich halten und gab seinem Drang zum Lachen nach. „Ich lache nicht über Ihr Herz und auch nicht über Ihren Schrecken, liebe Klara – aber Sie wirken auf mich, als kämen Sie gerade aus dem hohen Norden.“

„Aus dem hohen Norden kommen ja wohl Sie, Herr Pfarrer.“ Doch als Klara verfolgte, wie van Kerkhofs Hände imaginäre Zöpfe links und rechts seines Gesichtsfeldes formten, streifte sie mit geröteten Wangen die Fellkappe von ihrem Kopf. „Die habe ich mir nur kurz ausgeliehen. Der Sturm. Man konnte nicht ohne Kopfbedeckung vor die Tür gehen. – Also, wo sind Ihre Sonntagsschuhe?“, lenkte Klara eiligst von sich ab und setzte ihre prüfende Miene auf, die, wie sie selbst wusste, einem Tadel gleichkam.

„Das tut mir aber leid, Klara, die konnten Sie nun wirklich nicht finden. Da sind sie.“

Langsam blickte er hinab auf seine Füße.

„Wie? Heute, am Samstag? Und außerhalb des Gottesdienstes?! Führen wir hier jetzt ganz neue Sitten ein, Herr Pfarrer? Vielleicht möchten Sie dann morgen Ihre blauen Turnschuhe unter dem Talar tragen?“

Van Kerkhof ließ seinen Blick lange auf seiner Haushälterin ruhen. „Was ist denn los, Klara? Schon heute Vormittag waren Sie so gereizt. Gibt es einen bestimmten Grund für Ihre schlechte Laune?“

„Ach, dieser Sturm macht mich einfach nervös. Im Haus ist so vieles kaputt. Der Winter steht vor der Tür und Sie haben immer noch nichts in die Wege geleitet." In der Tat waren genau das die Befürchtungen, die auf Klaras Stimmung drückten: Bald würde der Frost durch die schlecht abgedichteten Fenster kriechen. Bereits der dritte Herbst war ins Land gezogen und jedes Mal hatte Klara ihren Chef gleich mehrmals aufgefordert, an zuständiger Stelle vorzusprechen und die Mängel des alten Hauses zu melden. Und wie in jedem Jahr fragte sie sich, ob es ihrem Herrn Pfarrer an Mut fehlte, etwas einzufordern, das ihnen zustand, oder ob ihm vielleicht einfach seine Bequemlichkeit im Weg stand und er es darauf ankommen lassen wollte.

„Den Seinen gibt's der Herr im Schlaf, was, Herr Pfarrer?", fragte Klara spitz. „Eines Morgens wachen wir auf und die Risse unterm Dachüberstand sind zugeputzt." Sie drehte sich einmal um sich selbst, um sich ein letztes Bild vom Zustand des Anbaus zu machen, dann drückte sie ihrem Chef die Fellkappe in die Hände. „Setzen Sie die mal besser auf. Mit Ihren paar Fusseln da oben haben Sie's nötiger als ich", sagte Klara und strich sich zufrieden über die eigenen, wenn auch platt gedrückten, so doch noch recht vollen Wellen auf ihrem Haupt.

Draußen auf dem Weg zum Haus blies der Wind so stark, dass er Klaras weitere Instruktionen für diesen Tag schluckte. Sie schüttelte den Kopf, winkte ab und eilte geduckt bis zum Vorgarten. Gleich darauf presste sie sich gegen die Haustür.

„Nun schließen Sie schon auf, Sie halten den Schlüssel doch in der Hand!", forderte sie, als Pfarrer van Kerkhof auf der Stelle stehen blieb und sie erstaunt anblickte. „Was war das denn, Klara? Haben Sie es auch gesehen?"

„Was meinen Sie?"

„Na, das, was mir gerade auf den Kopf gefallen ist. Ich habe es durch die Mütze gespürt. – Moment." Er bückte sich und suchte den Boden um sich herum ab. Dann hob er etwas auf und reichte es seiner Haushälterin.

„Ha! Das kommt von dort oben. Was predige ich Ihnen denn schon so lange? Vielleicht kapieren Sie jetzt, Herr Pfarrer? Die Holzbalken arbeiten und dehnen sich aus. Dabei reißt der Putz und fliegt ab. Und genau solch ein Teil haben Sie da in der Hand.“ Der Triumph in Klaras Stimme war nicht zu überhören. Sie lachte zufrieden in sich hinein: Das war doch ein willkommenes Zeichen, ein Beweis für ihr ständiges Drängen. Der abgefallene Lehmbrocken hätte ruhig noch ein wenig größer sein können. Manch einem mussten sich derartige Notwendigkeiten einfach schmerzhaft mitteilen. Klara war gespannt auf des Pfarrers Reaktion. Er würde, ja, er musste ihr nun endlich recht geben!

„Das kleben wir wieder fest, liebe Klara“, sagte van Kerkhof gelassen. „Aus Ihrem Schlafzimmerfenster haben wir doch einen guten Zugang zur Giebelspitze.“

Klaras Mund öffnete sich, um sich unverrichteter Dinge wieder zu schließen. Entweder hatte ihr Chef eine neue, naive Art von Humor entwickelt oder er wurde senil, anders konnte sie sich seine Denkweise nicht erklären.

„Und jetzt kochen Sie uns einen guten Tee, Klara. Am besten Ihren süßen Entspannungstee. Den können wir beide gut gebrauchen.“

Wie ferngesteuert brachte Klara Wasser zum Kochen und hängte die kleinen Teebeutel in die beiden Henkeltassen, eine blau mit weißen Punkten, die andere weiß mit blauen Punkten. Ein Bild der Eintracht. Zumindest unter den Tassen. Ob ihrem Pfarrer das jemals aufgefallen war? Klara selbst hatte das Porzellan während eines Kirchenausfluges an einem Nippes-Stand gekauft, nachdem sie beide wieder einmal eine ihrer Diskussionen geführt hatten, die zu Unrecht von ihr angezettelt worden war, was sie aber so nicht offen zugeben konnte. Die Tassen sollten ein Zeichen ihres guten Willens sein – ihr

Pfarrer hatte sich nie zu diesem Geschenk geäußert, obwohl sie fast jeden Nachmittag gemeinsam daraus tranken.

„Wie war denn Ihr Traugespräch?", wollte Klara wissen. „Haben Sie das Gefühl, dass man die beiden miteinander verheiraten kann?"

Van Kerkhof lachte. „Ob sie Ihren Maßstäben standhalten würden, weiß ich nicht, Klara, auf mich jedenfalls haben sie gewirkt wie ... ich würde sagen, wie diese beiden Henkeltassen hier."

Klaras Herz machte einen kleinen Freudenhüpfer. „Und wie wirken diese Tassen auf Sie? Sie wissen schon noch, dass ich die besorgt habe?"

„Hm, lassen Sie mich überlegen ..." Van Kerkhof stützte das Kinn in beide Hände und richtete den Blick abwechselnd auf die Tassen zwischen ihnen. „Ich würde sagen, wie wir beiden: von Grund auf verschieden, mit umgekehrten Strukturen, aber als Gesamtbild eine ergänzende Einheit. Habe ich mich in Ihrem Sinne ausgedrückt, meine Liebe?"

Klara hielt kurz inne, dann machte sie eine wegwerfende Handbewegung. Gefühlsduseleien hatten zwischen ihr und ihrem Chef keinen Platz. Trotzdem hatte er sie soeben angenehm überrascht. Nur das mit den notwendigen Renovierungsarbeiten, das nahm sie ihm doch arg übel – ein Problem, das sich an der Seite dieses übertrieben genügsamen Menschen offenbar nicht beheben ließ, selbst wenn ihnen das marode Gemäuer irgendwann jegliche Lebensqualität nehmen würde.

„Sagen Sie, ist heute Post gekommen?", fragte der Pfarrer. Dabei richtete er sich auf seinem Stuhl wieder auf, was so viel hieß wie: Gehen wir nun wieder zur Tagesordnung über.

„Jede Menge, Herr Pfarrer. Es liegt alles auf Ihrem Schreibtisch. – Ach ja, und ein Brief, der schon ausspioniert wurde. Von der gegenüber." Klara eilte zu ihrem Mantel und warf gleich darauf, aufs Neue erbost über die neugierige Nachbarin, den bereits geöffneten Umschlag auf den Tisch.

Nachdem der Pfarrer einen Blick auf den Inhalt geworfen hatte, sagte er seelenruhig: „Da weiß ja unsere Nachbarin schon mehr als Sie, liebe Klara."

„Wie? Was meinen Sie ... Was muss ich denn wissen?" Ihre Hände zitterten, als sie den Brief an sich nahm. „Der ist ja an Sie und an mich adressiert! – *Sehr geehrter Herr Pfarrer van Kerkhof, werte Frau Schrupp, dem Gutachten zufolge werden in Kürze an Ihrem Wohnsitz entsprechende Renovierungsarbeiten stattfinden. Die Benennung der Schäden entnehmen Sie bitte der beigefügten Auflistung ...*" Klara ließ den Brief sinken und legte den Kopf schief, um nachzudenken und herauszufinden, was sie gerade denken sollte. So vieles wirbelte in ihrem Schädel durcheinander, dass sie schließlich das Erstbeste von sich gab: „Hier war ein Gutachter? Wann war der da? Ich habe keinen gesehen!"

„Sie waren ausnahmsweise nicht zu Hause an diesem Tag, Klara. Sie erinnern sich an den Tagesausflug mit den Chorfrauen?"

„Natürlich erinnere ich mich, mein Oberstübchen ist ja wohl noch intakt!"

Wieder überlegte Klara, platzte dann heraus: „Waren denn die Betten gemacht? Hatte ich morgens noch gespült? Oh nein, ich weiß es wieder: Die ganze Bügelwäsche lag auf dem Sofa. Ausgerechnet an so einem Tag lassen Sie fremde Leute ins Haus!" Ihre Stimme war in einen Jammerton übergegangen. Sie ließ sich matt auf einem Stuhl nieder und knetete ihre Hände, wagte es nicht, den Pfarrer anzusehen.

„Jetzt beruhigen Sie sich mal, liebe Klara. Alles war sauber und ordentlich. Wo eine Klara Schrupp wirkt, gibt es keine Unordnung. Das wissen Sie selbst am besten."

„Aber der Ausflug war schon vor drei Wochen. Warum machen Sie mir denn die ganze Zeit etwas vor? Tun so, als würden meine Sorgen Sie nicht interessieren. Und gerade eben wieder, als Ihnen der Lehm auf den Kopf gefallen ist ..."

Über Klaras Wangen kullerten ein paar Tränen. Sie zog ihr Taschentuch aus dem Ärmel, um sich übers Gesicht zu wischen.

Pfarrer van Kerkhof war aufgestanden und um den Tisch herumgegangen. Hinter Klaras Stuhl blieb er stehen und legte seine Hände auf ihre Schultern. „Wir wissen doch beide, wie Sie einen Gutachter durch das Haus gejagt hätten. Hundert Stellen hätten Sie ihm gezeigt, von Ihrem Tonfall mal ganz abgesehen. Glauben Sie, man hätte Ihnen lange zugehört? Mir war es wichtig, dass erst einmal die dringlichen Dinge hier genehmigt und repariert werden. Der Rest kommt dann eben erst später an die Reihe. Und vielleicht wollte ich Sie mit all dem auch gerne einmal überraschen. Ich weiß doch, wie sehr Ihnen unser Pfarrhäuschen am Herzen liegt."

Klara hatte ihm aufmerksam gelauscht und nickte heftig, bevor sie sich schnäuzte.

„Und wann kommt der erste Handwerker?", fragte sie einsichtig.

„Da steht es: Das Gerüst für den Schaden unter dem Dachüberstand wird kommende Woche schon gestellt. Und unsere Schlafzimmerfenster werden abgedichtet. Das muss uns vorerst genügen. Aber gleich nach dem Winter wird das ganze Haus eingerüstet. Dann kann uns nichts mehr auf den Kopf fallen, nicht wahr?"

Wieder nickte Klara. „Aber Herr Pfarrer, einen Wunsch hätte ich noch."

„Immer wieder gern, Klara. Was wünschen Sie denn?"

„Im Brief steht Frau Schrupp. Ich hätte gern, dass man mich künftig mit Fräulein anspricht. Können Sie das nicht auch mal denen da oben sagen?"

Klara vernahm ein eigenartiges Geräusch aus van Kerkhofs Kehle, bevor sie ihn sagen hörte: „Wenn Ihnen das so wichtig ist, werde ich das natürlich weitergeben."

Einen Moment lang überlegte Klara, ob es nun angebracht war, sich bei ihrem Pfarrer zu bedanken. Aber in Anbetracht seiner heimlichen Blicke entschied sie sich dagegen. „Und jetzt kümmern Sie sich endlich mal um den Rest der Post auf Ihrem Schreibtisch! Wer weiß, welche Überraschungen da noch auf uns beide warten. Und Ihre schwarzen Schuhe will ich an Werktagen nicht mehr an Ihren Füßen sehen!“

Auf kurzen, aber schnellen Beinen eilte Klara ihrem Chef voraus, durch den Flur bis zu seinem Büro, um anwesend zu sein, wenn er – wie an jedem Tag unter der Woche – den Posteingang durchsah. Während sie dann wie nebenbei das Fenster des geräumigen holzgetäfelten Zimmers kippte und hie und da mit ihrem Schürzenzipfel über ein antikes Möbelstück wischte, verfolgte sie aus den Augenwinkeln jede Gesichtsregung des Pfarrers. Es war ihr wichtig, bei Neuigkeiten, wie auch immer diese sich gestalteten, an seiner Seite zu sein, denn als Pfarrhaushälterin war sie schließlich auch für die Gemütsverfassung ihres Chefs zuständig.

Heute jedoch sollte es gar nicht erst so weit kommen, dass van Kerkhof sich auf seinem Schreibtischstuhl niederließ.

Mit einem klirrenden, explosionsartigen Geräusch zerbarst die Fensterscheibe des Büros genau in dem Moment, in dem Klara die Tür öffnete.

Ihre kleine kompakte Statur schoss nach hinten und drückte Pfarrer van Kerkhof rückwärts gegen die Flurwand. Nach einem zischenden Atemzug presste sie die Hände auf die Ohren und kniff die Augen zusammen.

„Eine Bombe! Oh Jesus, Maria, helft uns in der Stunde unseres Todes ...“, wimmerte sie. Dann wurde sie mit einer kraftvollen Bewegung zur Seite befördert und vor der Wand auf dem Boden abgesetzt.

2.

Allmählich kehrte die Farbe zurück in Klaras erstarrtes Gesicht. Van Kerkhof hatte seine Haushälterin zum Sofa im Wohnzimmer geführt. Dort saß sie nun, bewegungslos wie eine Statue im Museum, ein Bein auf dem niedrigen Tisch gelagert. Der Pfarrer hatte ihr ein Kissen unter die bestrumpfte Wade geschoben, und das einzige, was sich an Klara zu regen begann, waren ihre Zehen, auf die sie sich konzentrierte wie auf ein hypnotisches Schauspiel.

Ganz kurz überlegte van Kerkhof, ob es angebracht wäre, ihren Schockzustand mit einem Gläschen Melissengeist oder einer sanften Nackenmassage zu lösen. Doch sie würde beides mit schroffer Vehemenz ablehnen, dafür kannte er seine Klara zu lange und zu gut.

Ihm blieben nur seine wiederholten beruhigenden Worte: „Es war ein dummer Jungenstreich, liebe Klara. Ein Pflasterstein, mit dem man einen alten Pfarrer erschrecken wollte. Und vielleicht nicht einmal bewusst einen Pfarrer. Es kann gut sein, dass es ausgelassene Burschen waren, denen ein Fenster zur Straße in Augenhöhe wie gerufen kam für ihren jugendlichen Übermut."

„Aber die Scheibe ist kaputt", drang es müde vom Sofa her.

Van Kerkhof, der schon eine geschlagene Viertelstunde am Wohnzimmerfenster stand und in den hinteren Garten blickte, ohne dabei wirklich etwas zu sehen, drehte sich um und seufzte. „Ja, ich weiß, Klara. Wir lassen sie umgehend austauschen."

„Und in der Holzvertäfelung ist auch ein Sprung."

„Auch das lässt sich reparieren", sagte van Kerkhof bemüht geduldig. Ihm war danach, genau diese Dinge endlich in die Hand zu nehmen, doch zuvor war es wichtig, dass seine Haushälterin sich beruhigte und wieder ganz zu der Klara wurde, die er kannte und deren Wachsamkeit und forsches Wesen mitsamt Kommandoton er so schätzte. Dennoch durfte er, besonders in solch einer strittigen Situation, nicht zu schnell auf ihre Überreaktionen eingehen.

„Sie müssen die Polizei rufen, Herr Pfarrer."

„Ach, Klara, man wird uns auslachen. Solche Streiche werden alten Leuten tagtäglich irgendwo gespielt."

„Wenn ich es Ihnen sage: Das war ein Attentat! Wir können von Glück reden, dass es nur ein Stein war. Stellen Sie sich eine Handgranate vor. Dann würde es jetzt hier brennen! Oder wenn der Pflasterstein Sie am Kopf getroffen hätte ... oder gar mich ... Dann würde ich Sie mal sehen wollen, Herr Pfarrer!"

Van Kerkhof schmunzelte in sich hinein. Wenigstens sprach da die gesunde Fantasie seiner Haushälterin wieder mit. Sie würde bald wieder auf den Beinen sein und nach Klara-Manier im Pfarrhaus herumwuseln.

Auch ihr Tonfall näherte sich wieder dem Original. „Und ich bestehe darauf: Holen Sie die Polizei! Die kann Fingerabdrücke vom Pflasterstein nehmen und draußen nach Fußspuren suchen."

Van Kerkhof setzte sich nun Klara gegenüber, stützte die Ellbogen auf den Knien ab und legte die Fingerspitzen gegeneinander – eine Haltung, die Klara für gewöhnlich in Ruhe versetzte, weil er ihr damit eine wohlüberlegte Antwort ankündigte.

Jetzt war eindeutig ein Kompromiss angesagt: „Wenn es Sie beruhigt, liebe Klara, spreche ich mit Kommissar Hartwichs. Als Freund des Hauses wird er uns bestimmt ..."

Klara schüttelte den Kopf so heftig, dass van Kerkhof ihre Wangen wabbeln sah. „Dieser Hartwichs ist genau der Falsche! Sie haben doch erst im Frühjahr gesehen, was für ein Freund er ist!" Sie zog ihr Bein vom Tisch, rieb sich die Wade und wirkte mit einem Mal hellwach. „Rückt an mit einer freundschaftlichen Hausdurchsuchung und unterstellt uns, wir würden einen Flüchtigen im Pfarrhaus verstecken!"

Pfarrer van Kerkhof schickte Klara einen vielsagenden Blick. „Hatte er damit etwa Unrecht?“

„Ach was, plappern Sie nicht von Unrecht oder Recht ... Unser Siggi war immerhin unschuldig. Wer weiß, was auf den armen Jungen zugekommen wäre, wenn wir ihn nicht heimlich hier aufgenommen hätten. – Und anstelle von Verhören und Folter ist aus dem Verdächtigen heute ein Sozialarbeiter in der Kirchengemeinde geworden. Ha!“

Erleichtert überließ van Kerkhof seine Klara den Erinnerungen, die es seit Monaten vermochten, sie aus jedem Tief herauszuholen.

So lange er in seiner Zeit mit der treuen Seele zurückdenken konnte – und das waren mittlerweile über vierzig Jahre –, hatte sie bei dem zu Unrecht verdächtigten Siegfried Kroll und dessen etwas ungehobeltem Sohn Julian zum ersten Mal eine Art Mutterinstinkt entwickelt. Wie schön für Klara, dass sie auch jetzt noch, sogar räumlich, auf die beiden jungen Männer zugreifen konnte, wenn dieser Instinkt sich in ihrem guten Herzen zu Wort meldete. So geschah es nicht selten, dass sie im Übermaße Pfannkuchen backte, um nach dem Essen zu zetern: „Was hier schon wieder übrig geblieben ist! Nein, weggeworfen wird das Zeug nicht, aber ich weiß, wer sich darüber freut.“ Und noch am selben Tag wurde die Pfanne wieder angeheizt und das goldgelbe Gebäck darin erwärmt, weil zwei junge Männer mit Appetit an ihrem Küchentisch saßen. Es störte Klara auch längst nicht mehr, dass Siggis Gesicht von unzähligen Rasta-Zöpfen eingerahmt und der Schädel seines Sohnes im Gegensatz dazu stoppelkurz rasiert war.

Besonders gern saß Klara an warmen Sommerabenden in einem stoffbespannten Gartensessel vor dem Wohnwagen der Krolls, der seinen festen Stellplatz auf dem Campingplatz an der Lahn hatte. Wenn dann die Schwäne auf dem Wasser ihre Bahnen zogen und Siggi nach der Gitarre griff, um mit warmem Summton – und gut verborgener Überwindung – Klaras

Lieblingslieder aus dem Gesangbuch anzustimmen, lehnte sich Klara zufrieden zurück und ließ ihre Daumen umeinander kreisen.

Gleich fängt sie an zu schnurren, dachte Pfarrer van Kerkhof oftmals, was ihm aber immer noch lieber war, als dass seine Haushälterin wie am ersten Abend lauthals zu singen begann.

Mittlerweile stand der Wohnwagen winterfest und verlassen da. Siggi lebte in einer kleinen, von der Gemeinde gestellten Wohnung unweit der Limburger Altstadt. Dass sein Sohn Julian, der fernab bei seiner Mutter wohnte, die meisten Wochenenden beim Vater in Limburg verbrachte, löste in Klara die Freuden einer Großmutter aus, die ihren Enkel so oft wie möglich sehen wollte.

Und als hätte Klara soeben van Kerkhofs Gedanken aufgegriffen, sagte sie mit entschlossener Stimme: „Nun, vielleicht können unsere Jungs ja helfen, den Attentäter zu entlarven!“ An ihren eifrigen Händen, die plötzlich begannen, den Nippes auf dem Wohnzimmertisch neu zu sortieren, erkannte der Pfarrer, dass ihr Bedürfnis nach Polizei sich fürs Erste verflüchtigt hatte.

Sie ließ sich sogar von ihm stützen, um aus den Tiefen der Sofapolster in die Senkrechte zu gelangen. Sogleich machte sie sich auf den Weg zur Besenkammer. „Wenigstens die Scherben sollten zusammengefegt werden. Und Sie holen mal oben aus der Kammer das große Tischtuch, das wir von innen vors Fenster hängen. Aber das weiße, damit wenigstens noch ein bisschen Licht ins Büro fällt. – Ach was, es ist eh gleich dunkel. Am besten schließen Sie die Läden von außen. Na, hopp-hopp, Herr Pfarrer, wäre ja peinlich, wenn jemand das Loch in der Scheibe sehen würde!“

Auch am nächsten Vormittag blieben die Holzläden des Pfarrbüros verschlossen. Nur allzu gern hätte van Kerkhof das Fenster von außen mit einer durchsichtigen Plastikplane abgeklebt, um das Licht des ruhigen Sonntagmorgens auf den großen polierten Schreibtisch fließen zu lassen. Doch Klaras Kommentar war unmissverständlich: „Damit wir noch zusätzlich zum Attentäter die Einbrecher in Ihr Büro einladen? Bevor hier keine neue Scheibe eingesetzt wurde, bleibt der Laden zu! Es liegt an Ihnen, Herr Pfarrer, wie lange das dauert! – Und in der heutigen Predigt gehen Sie hoffentlich auf das bösartige Machwerk von Vandalen ein. Am besten sagen Sie gleich: von Mordlüsternen! Und dass die gerechte Strafe sie noch einholen wird. Wenn nicht hier auf Erden, dann spätestens ..."

„So unvorbereitet werde ich das nicht tun, Klara. Erstens versteht die Gemeinde meine Beweggründe nicht, und zweitens wird der Täter gewiss nicht in den Bankreihen sitzen."

„Da seien Sie sich mal nicht so sicher. Wenn er geplant hatte, Sie mit dem Stein niederzustrecken, wird er sich heute überzeugen wollen, ob Sie nicht mindestens einen Verband um den Kopf tragen."

Van Kerkhof seufzte. „Ihnen wird schon auffallen, ob er anwesend ist, teure Klara."

Als der Pfarrer eine Stunde später in der kleinen Kirche nebenan seine vorbereitete Predigt hielt, zwang er seine Augen von der rechten zweiten Sitzbank weg, in der Klara mit heftiger Gestik auf ihn einwirken wollte.

„Am besten setzen Sie sich in Zukunft ganz nach hinten, Klara", sagte er nach dem Gottesdienst, als er am Küchentisch seine Nachbetrachtung machte, während Klara Kartoffeln schälte. Heute war er ernsthaft böse auf sie. „Sie bringen mich mit Ihrem Kaspertheater völlig aus dem Rudel."

„Aus dem Ruder, heißt das", korrigierte Klara. „Aber Sie haben recht, Herr Pfarrer. Ich setze mich weiter nach hinten. Dann muss ich mich nicht mehr umdrehen, wenn solche seltsamen fremden Gestalten wie heute unter den Besuchern sind, die man im Auge haben sollte."

„So? Ich habe keine seltsamen Gestalten bemerkt."

Ihm entging nicht Klaras verächtlicher Laut, und er war gespannt, was ihre Adleraugen heute wieder erspäht hatten.

„Tun Sie doch nicht so, Herr Pfarrer. Sie saß in derselben Bank wie ich, nur auf der anderen Seite. Geschminkt wie eine aus dem Journal und angezogen wie ein Pfau! Und das fast in meinem Alter! Pfui!"

Van Kerkhof unterdrückte sein Lachen und wandte den Blick zur Seite. Natürlich war diese fremde, auffällig gekleidete Dame ihm aufgefallen, und er war sich im selben Moment bewusst gewesen, dass sie hier am Tisch zum Thema gemacht werden würde.

Als Klara in der Speisekammer verschwand, hörte er sie murmeln: „Sitzt da und himmelt einen alten katholischen Pfarrer an, die affige Schrapnelle!"

Erneut musste van Kerkhof in sich hineinlächeln. Dass das seiner Klara nicht passte, leuchtete ihm ein, doch er tat, als interessiere ihn das Thema nicht im Geringsten.

„Was brutzelt denn da im Ofen?", fragte er lieber.

„Das, was es jeden ersten Sonntag im Monat gibt. Rollbraten im Schlauch."

„Ah ja, und bestimmt Erbsen und Karotten?"

„Rosenkohl. Im Winter isst man Wintergemüse."

Wie gereizt sie war, seine Haushälterin. Und wie dick heute die Kartoffelschalen ausfielen ... Sie musste ernsthaft verärgert sein. „Ich fand diese Frau auch nicht angemessen zurechtgemacht für einen Kirchgang", pflichtete er Klara eiligst bei. „Besonders die lila schimmernden weißen Haare ..."

„Ach, so genau haben Sie sie ins Visier genommen? Wo Sie sich doch während Ihrer Predigt gar nicht gerne ablenken lassen, Herr Pfarrer van Kerkhof!"

Er hatte genug, der Austausch über die fremde Besucherin war für ihn beendet.

„Sagten Sie nicht etwas von seltsamen Gestalten? Wer ist Ihnen denn außerdem aufgefallen, Klara?"

„Na, so ein dürrer Kerl, mit kantigem Gesicht und einer tiefgezogenen Mütze – oder Kappe, aus der hinten unten so ein fuzzeliges Pferdeschwänzchen raushing. Jedenfalls hatte das Teil einen Schirm vor der Stirn und der war runtergeklappt bis zur Nasenwurzel. Der ist auch hinten raus, nicht aus dem Portal. Und er hatte etwas in der Jacke versteckt. Ich habe genau hingesehen, als das Klappergestell aus der Kirchenbank gestiegen ist."

„Und was haben Sie gesehen, Klara?" Van Kerkhof lehnte sich erwartungsfreudig auf seinem Stuhl zurück.

„Na ja, zuerst dachte ich ... also ich dachte, er holt eine Waffe aus der Jacke. Zumindest einen Pflasterstein. Gucken Sie nicht so, Herr Pfarrer, heute war Wachsamkeit schon angesagt, das wissen Sie selbst."

„Aber es war wohl kein Stein?"

„Nein. Ein Klemmbrett mit einem Kugelschreiber dran." Klara wandte sich dem Backofen zu, fegte mit der Hand den heißen Dunst fort, der ihr ins Gesicht stieg, und sprach mit ihrem Rollbraten.

3.

Der kalte Wind hatte sich verflüchtigt und einem tief liegenden Nebel Platz gemacht. Van Kerkhof hörte seine Haushälterin leise fluchen. Ihre Stimme, begleitet von einem schabenden Geräusch, kam vom Ende des Hausflures herüber in die Küche, wo der Pfarrer mit wässriger Zunge um den Tisch herumschlich.

„Klara? Wann darf der Kuchen angeschnitten werden? Müssen wir damit warten bis zur Kaffeezeit?“

„Lassen Sie ja die Finger davon, der ist nicht für uns!“, vernahm er Klaras etwas atemlose Stimme aus der Ferne. Was gab es dort vorn bei der Haustür wohl zu tun? Schon gestern und vorgestern hatte Klara sich für eine Weile dorthin verzogen.

Kurz darauf stand er hinter ihr. Klaras Kehrseite unter der Kittelschürze bewegte sich vor ihm auf und ab, hin und her. Plötzlich fasste sie sich ins Kreuz und stöhnte auf, stützte sich mit der anderen Hand auf ihren Besen und schrak zusammen, als die Stimme ihres Chefs von Nahem in ihre Ohren drang.

„Erschrecken Sie mich doch nicht so! Treten Sie fester auf, wenn Sie sich nähern. Wir sind doch nicht bei den Pfadfindern!“

Er konnte tun, was er wollte, seiner Klara machte er es selten auf Anhieb recht.

So hatte van Kerkhof schon vor langer Zeit beschlossen, ihre ständigen Tadel lieber mit Humor zu nehmen, damit das Zusammenleben möglichst harmonisch verlief.

„Haben Sie nicht gestern schon die Außentreppe gefegt? Erwarten wir etwa hohen Besuch, Klara?“ Ihr momentaner Hang zur Reinlichkeit wie auch der Kuchen sprachen sehr dafür.

„Na, Sie wissen doch, auf wen ich warte. Schon vier Tage sind vergangen, und noch immer ist nichts passiert!“

„Aber die Fensterscheibe ist doch ausgetauscht. – Ah, ich verstehe: Sie warten auf das nächste Attentat“, rutschte es dem Pfarrer heraus, und er bereute es noch im selben Augenblick.

Klara richtete sich auf und schenkte ihm einen langen bösen Blick, dabei stampfte sie mehrmals mit ihrem Besen auf. „Mit so etwas scherzt man nicht, Herr Pfarrer! Ihr Sarkasmus fordert das Unheil noch heraus.“ Dann wandte sie sich wieder ihren Arbeitsgeräten zu und fegte murrend die wenigen Schmutzteilchen auf ihre kleine blaue Handschaufel.

Van Kerkhof schlug sich vor die Stirn. „Stimmt ja, Sie warten auf die Handwerker! Auf die Gerüstbauer. Und für die ist der Kuchen als Begrüßung gedacht.“ Dann lachte er laut auf. „Und Sie fegen jeden Tag, damit der Hauseingang richtig sauber ist, wenn oben in der Giebelspitze der Putz abgeklopft wird.“

Dem darauffolgenden Gemurmel kurz über dem Erdboden entnahm er, dass wenigstens die Handwerker einen ordentlichen Eindruck von ihr bekommen sollten, wenn schon der Gutachter fürs Pfarrhaus ohne Klaras Wissen aufgetaucht war und von der Unordnung Notiz genommen hatte.

„Die in den oberen Reihen werden sich bestimmt austauschen über die Qualitäten einer Pfarrhaushälterin, und es fällt vor allem auf Sie zurück, Herr Pfarrer, wenn es hier schlampig zugeht.“

„Aber Klara! Wenn jemand in keiner Weise schlampig ist, dann sind das doch Sie. Und wieso sollte ein schlechter Eindruck auf mich zurückfallen? Wollen Sie mir das erklären?“

„Na, weil ... dann wird man Ihnen nachsagen, Sie hätten mich nicht ... im Griff!“

Van Kerkhof sog die Luft ein und ging zurück ins Haus, denn auf keinen Fall sollte seine Klara ihn hierauf lachen hören, war es ihr doch hörbar schwergefallen, ihre letzten Worte überhaupt zu formulieren.

„Und damit Sie es gleich wissen: Der Kuchen ist auch nicht für die Handwerker“, rief sie in den Flur hinein. Jetzt wollte sie offenbar, dass er nachhakte. Er tat es.

„Für wen denn dann?“ Natürlich ahnte van Kerkhof, wer der Empfänger dieser duftenden Köstlichkeit sein sollte. Und da

Klara seinen Kalender besser kannte als er selbst und somit wusste, dass für den Rest vom Tag keine Termine mehr anstanden, kehrte er um. „Dann werden Sie mich jetzt gleich fragen, ob wir mal kurz nach Limburg reinfahren können, um den Kuchen einem armen Jungen zu bringen, nicht wahr?"

Im Handumdrehen stand Klara kerzengerade da und nickte. „Oh ja, bitte! Ich mache mich nur noch schnell fertig, dann können wir losfahren!" Fort war sie, hatte sogar ihren Besen neben die Eingangstreppe geworfen und Eimer, Handfeger und Kehrblech achtlos auf den Stufen zurückgelassen.

Wenn es um Siegfried und Julian Kroll ging, vergaß Klara die Welt um sich herum. Im Stillen hatte sie die beiden längst als Sohn und Enkel adoptiert, gab es doch in Klaras privatem Umfeld so wenige Menschen, die ihr wirklich nahestanden. Nie hatte Klara Besuch empfangen, immer hatte sie nur für ihre Rolle als Haushälterin an seiner Seite gelebt. Und das aus freien Stücken. Wie gern erfüllte er ihr daher mittlerweile solche kleinen privaten Wünsche.

Erst als sie in dem alten beigefarbenen Kastenwagen neben ihm saß, fiel ihm auf, dass sie sich im Laufe des Tages ihre Wellen sorgsam gelegt haben musste – sie hatte ihre frische Frisur gut unter dem Kopftuch verborgen gehalten. Wie seltsam, sie sprach doch auch sonst aus, was ihr gerade in den Sinn kam und was sie wollte und dachte ...

Eine Weile saßen sie schweigend in dem knatternden Fahrzeug, bis Klara endlich mit dem Grund für ihre Aufmachung und ihren übertriebenen 4711-Duft herausrückte, freundlich und zaghaft: „Ach, Herr Pfarrer, wenn wir dann doch schon mal in Limburg wären, ich würde so gerne noch einmal zum Dom."

Als van Kerkhof schwieg, jammerte Klara: „Ich weiß ja, dass Sie seit dem schlimmen Vorfall im April ganz bewusst nicht mehr dort waren. Einen Selbstmörder oben auf dem Turm vom Springen abzuhalten, bleibt einem ja nicht in den Kleidern hängen." Dann atmete Klara tief durch und legte einen unbekümmerten Tonfall an den Tag. „Aber sehen Sie es mal von der Seite: Sie haben es geschafft! Der Mensch lebt dank Ihres Zuspruches nun weiter. Wenn auch im Gefängnis." Doch selbst wenn Klara mit diesem Versuch der Aufmunterung die Stimmung ihres Pfarrers aufhellen wollte, so sank ihre eigene bei der Erinnerung an jenen schwarzen Tag in den Keller.

„Unser Bestatter Herr Rosenbaum ... Wer hätte auch nur geahnt, dass er ein Mörder sein könnte ... Aber auch sich selbst deshalb noch umzubringen, wäre ja eine doppelte Sünde gewesen. Wie gut, dass Sie das nicht zugelassen haben!"

Van Kerkhof zuckte stumm mit den Schultern und konzentrierte sich auf den Straßenverkehr, der in Limburg tagsüber immer gleichbleibend rege war. Doch Klara gab niemals so leicht auf. Wenn ein Thema sie gefangen hielt, bohrte sie sich mit Fragen hindurch wie ein Wurm durch einen Apfel. Schon an ihrer veränderten Sitzhaltung merkte er, dass er hier, eingesperrt in der Karosserie, nicht ausweichen konnte wie sonst im Pfarrhaus.

„Was sagt der Herr Rosenbaum denn so, wenn Sie ihn ... in seinem neuen Zuhause besuchen?" Klara hob nun neugierig das Kinn an und drehte den Kopf in van Kerkhofs Richtung. „Sie wissen doch, ich bin verschwiegen wie ein Beichtstuhl."

Ganz bewusst hatte der Pfarrer ihr nie viel von dem Inhalt seiner Besuche beim ehemaligen Bestatter Rosenbaum erzählt. Allein die Atmosphäre im Vollzug würde seiner Klara schlaflose Nächte bereiten. Andererseits hatte seine Haushälterin schon einen kleinen Anspruch auf ein paar Antworten, hatte sie doch seinerzeit mit dazu beigetragen, dass der unschuldige Siggi nicht ins Kreuzfeuer der Verhöre geraten war.

„Wissen Sie, Klara, es ist ein trauriges Bild, wenn ein Mensch da sitzt und froh ist, an einem solchen Ort zu sein. Rosenbaum bereut aufrichtig. Sowohl seine damalige Vergewaltigung einer jungen Limburgerin als auch den später an ihr verübten Mord, weil sie ihn bloßstellen und ausliefern wollte.

Aber am meisten setzt es ihm zu, dass nun dadurch seine Familie zerbrochen ist. Seine Frau geht kaum mehr aus dem Haus, seine Tochter weint um ihn und sein Sohn muss bei seinem letzten und einzigen Besuchstermin zu ihm gesagt haben, ein Mörder sei nicht mehr sein Vater, und dass er doch besser gesprungen wäre, dann müsse man sich wenigstens nicht mehr schämen, einen Knacki in der Familie zu haben. Und dass ein gewisser van ..."

Klara hatte die Hände vors Gesicht geschlagen. „Welch ein Elend ... was für ein Leid manche Menschen doch über sich selbst bringen ... Da bin ich aber froh, dass ich so einen ehrlichen und guten Mitbewohner an der Seite habe!"

Sie schnäuzte sich ausführlich, stopfte das Taschentuch in die Manteltasche und beschloss mit veränderter Stimme: „Dann ist es ganz wichtig, dass wir heute zum Dom gehen. Für Sie, Herr Pfarrer. Man muss sich seinem Trauma irgendwann stellen, damit es Ruhe gibt. Am besten parken Sie dort, wo wir immer parken!"

Ein vager Instinkt sagte van Kerkhof, dass es gut war, durch Klaras Einwurf das Gespräch über den inhaftierten Bestatter Rosenbaum genau an dieser Stelle abgebrochen zu haben. Ihr Wissensdurst schien diesbezüglich erst einmal gestillt zu sein.

So stellte er dann auch ein paar Minuten später den Kastenwagen am Fuße des Domhügels ab, in der Nähe der Lahn. „Und Sie sind sicher, liebe Klara, dass Sie Lust haben, den Berg zu erklimmen?"

„Aber und wie, Herr Pfarrer! Zwei Fliegen mit einer Klappe geschlagen, was? Von hier sind wir schnell bei Siggis Wohnung und der Dom ist dann auch nicht mehr weit! – Aber zuerst gehen wir kurz durch die Brückengasse."

Van Kerkhof wusste sehr wohl, was seine Haushälterin jedes Mal dorthin zog: das Bedürfnis nach Schauder und Empörung. Und kaum tauchte das „Haus der sieben Laster" vor ihnen auf, geriet die weltfremde Klara Schrupp in Wallung.

Den Kopf in den Nacken gelegt, begann sie sich Schritt für Schritt über die holzgeschnitzten Gesichter aufzuregen, die die sieben biblischen Laster darstellen sollten.

„Da, wie hässlich er doch ist, der Hochmut! Und der Neid erst! Und die Unmäßigkeit sowieso! Der Geiz sieht von allen noch am wenigsten gruselig aus, obwohl ich neben dem auch nicht aufwachen wollte. Wenn Sie mich mal umbringen wollen, Herr Pfarrer, dann legen Sie mir solch eine Fratze aufs Kopfkissen. Am besten die der Wolllust. Dann können Sie mich drei Tage später bestatten. – Sagen Sie, unser Bestatter Rosenbaum, wie lange muss er eigentlich sitzen?"

Van Kerkhof schmunzelte in sich hinein. Sie konnte es nicht lassen, packte jede Gelegenheit beim Schopf, ihn auszuhorchen, und meistens kam ihre Frage wie beiläufig.

„Das weiß ich nicht so genau. Aber apropos sitzen, liebe Klara, haben Sie uns bei Siggi überhaupt angekündigt, damit er uns zum Kuchen einen Kaffee kochen kann?" Der Duft von Klaras spärlich eingewickeltem Gewürzkuchen stieg ihm unablässig in die Nase, und er freute sich insgeheim schon auf die zahlreichen Sorten von Weihnachtsplätzchen, die sie bald anfangen würde zu backen.

„Nein, entweder ist Siggi da oder nicht da. Notfalls stellen wir ihm den Kuchen vor die Wohnungstür und die Überraschung ist umso größer." Schon begann Klara zu schnaufen. Die kleine dralle Person war nicht dafür geschaffen, bergan zu schreiten und gleichzeitig zu reden. Hinzu kamen ihr Alter und die Atemnot, mit der sie in letzter Zeit so oft zu kämpfen hatte. Immer wieder blieb sie stehen, mit der Begründung, den Arbeitern zusehen zu wollen, die über den engen Straßen die Lichterketten von einer Seite zur anderen spannten.

„Wenn unsere Gerüstbauer kommen", keuchte sie, „können die mir auch meinen Stern von Bethlehem über der Haustür aufhängen."

Unmerklich verlangsamte van Kerkhof seinen Schritt.

„Möchten Sie sich mit mir verhaken, Klara?“

„Unterhaken, so heißt das in unserer Sprache. Vielleicht verhaken die Leute sich in Ihrem Holland, aber bei uns haken sie sich unter. Das habe ich Ihnen schon hundert Mal gesagt. Und nein, ich will mich weder mit Ihnen verhaken noch mich bei Ihnen unterhaken. Ich kann alleine laufen!“ Und es brauchte nur drei Sekunden, bis ihr rotes Gesicht die Wangen aufblies und Klara an Geschwindigkeit zulegte.

In der Tat waren es nur zweihundert Meter, sozusagen um die Ecke, bis sie an dem ochsenblutroten Fachwerkhaus ankamen, in dem Siggi das Dachgeschoss bewohnte.

Die Haupteingangstür war offen. „Dann bitte, Klara, bringen Sie ihm Ihren Kuchen nach oben“, sagte van Kerkhof und hielt ihr die Haustür auf.

„Ach, das überlasse ich gerne Ihnen, Herr Pfarrer. Einer backt, der andere beschert. So freut er sich über beides, nicht wahr?“ Klara hielt sich schwer atmend am Türrahmen fest und nickte ihrem Chef freundlich zu.

„Das finde ich jetzt aber sehr nett, liebe Klara, geteilte Freude ist doppelte Freude.“ Und schon nahm van Kerkhof ihr die Tüte mit dem Kuchen aus der Hand und tastete gleich darauf seine Brusttasche ab, ob er Block und Kuli für eine Nachricht mit sich trug, denn mit Sicherheit hielt sich ein Sozialarbeiter am hellen Mittwochnachmittag nicht in einer Dachgeschosswohnung auf.

„Wenn er daheim ist, dann geben Sie mir aber Bescheid, Herr Pfarrer!“, rief Klara ihm nach. „Ansonsten schreiben Sie ihm was dazu. Sie wissen schon: Schöne Grüße und guten Appetit wünscht Klara!“ Und während van Kerkhof Etage für Etage erklomm, regte seine Haushälterin sich unten in der Tür auf: „So viele Stufen, du meine Güte, wenn der arme Junge hier noch an der Reihe ist mit dem Treppenhausputz ...“

Wider Erwarten vernahm van Kerkhof Siggis Stimme durch die Wohnungstür. Er wollte gerade läuten, als sich drinnen ein weibliches Lachen daruntermischte, das nicht so klang, als würde es sich über den Besuch eines alten Pfarrers oder eines noch älteren Fräulein Schrupp freuen.

Willem van Kerkhof überlegte nicht lange und stellte geräuschlos den Kuchen neben die Tür. Dann musste er etwas tun, was ihm überaus widerstrebte, doch die Situation sprach eindeutig dafür: „Lieber Gott, verzeih mir die Lüge, aber selbst deine Engel würden hier ein wenig flunkern“, betete er mit einem Blick zur Flurdecke, um gleich darauf die Treppe hinunterzuschleichen und Klara zu berichten: „Befehl ausgeführt. Niemand daheim.“ Und es wunderte ihn nicht im Geringsten, dass diese Nachricht der immer noch am Türrahmen lehnenden Klara entgegenkam.

„Dann soll es halt so sein. Und jetzt zum Dom, Herr Pfarrer! Ihre Seele braucht endlich Entlastung!“ Genau das war ihr Ziel gewesen, mutmaßte van Kerkhof, genau deshalb hatte sie heute einen Kuchen gebacken. So sehr sie auch an Siggi hing, so sehr verlangte es sie nach diesem beeindruckenden Gotteshaus. Dabei spielte seine eigene Seele in Klaras Bedürfnissen nur eine untergeordnete Rolle.

Die kurze Strecke hinauf zur Domplatte verlangte beiden viel ab. Je näher sie dem großen Gebäude kamen, umso stärker wurde van Kerkhofs Erinnerung an das Ereignis vor einem halben Jahr – und umso weniger Luft bekam Klara, die ganz plötzlich doch noch ihren Ellbogen in seiner Armbeuge versenkte.

„Damit Sie an mir Halt finden“, lautete ihr Kommentar. „Ich weiß doch, wie schlecht es Ihnen jetzt geht, Herr Pfarrer“, keuchte sie, und van Kerkhof nickte nur.

Zum Nordturm, dem linken Turm des Domes, wagte er noch nicht aufzublicken. Allzu gegenwärtig war der Anblick des Bestatters Rosenbaum auf dem Fenstersims in schwindelnder Höhe. Ebenso das Gespräch mit ihm dort droben, das van Kerkhof sämtliche Kraft gekostet und schließlich doch noch erreicht hatte, Rosenbaum zurück ins Innere des Turms zu retten.

Jetzt, da sie noch vor dem Dom standen, sprach der Pfarrer ein stilles Dankgebet für die Kraft, die ihm damals geschenkt worden war. Und er wunderte sich nicht, dass mit einem Mal jeglicher Ballast in Bezug auf die Rosenbaum-Geschichte von ihm abfiel.

„Ach, schauen Sie doch, wie wunderschön er ist“, sagte Klara inbrünstig. „Wie kann man nur so ein Bauwerk errichten ... Ich kann mir gut vorstellen, dass Ihnen auch einmal ein Bau geweiht wird, wie dem Schutzpatron St. Georg. Wenigstens ein ganz kleiner, vielleicht ein *Kerkhof-Kapellchen* oder zumindest ein Brunnen. Oder ein steinernes Denkmal. Oder ein Foto von Ihnen im Dom ...“

Pfarrer van Kerkhof musste lachen. „Es genügt mir, wenn mir ein Platz in Ihrem guten Herzen geweiht wird, Klara“, übernahm er ihren schwärmenden Ton. Doch umgehend wurde er ernst.

„Ich muss mich bei Ihnen bedanken, liebe Klara. Sie hatten recht, der Besuch hier tut mir in der Seele gut“, sagte er mit geradeaus gerichtetem Blick.

„Dann schauen Sie weiter nach vorn, Herr Pfarrer“, erwiderte Klara auf altvertraut resolute Weise, sodass sich van Kerkhof ein wenig über den plötzlich schroffen Stimmfall wunderte und sich ihr zuwandte.

„Nach vorn, habe ich gesagt! Nicht in meine Richtung. Rechts hinter mir steht das zweite Limburger Haus der Laster. Das hat keinen Blick verdient!“

Van Kerkhof brauchte sich nicht erst zu überzeugen, wovon Klara sprach. Die leer stehende bischöfliche Residenz in der Ehrfurcht gebietenden Umgebung des Domes war für sie ein Dorn im Auge und ein Schandfleck, wie sie schon mehrfach geäußert hatte.

„Aber da vorn, da sollten Sie mal genauer hinsehen. Den kennen wir doch, diesen Kandidaten.“

Jetzt sah van Kerkhof ihn auch, den dünnen Mann mit der Schirmkappe und dem Klemmbrett unter dem Arm. „Oh ja, unser Gottesdienst-Besucher. Und? Halten Sie ihn immer noch für gefährlich, Klara? Ich meine, jetzt, wo wir wissen, dass sein Klemmbrett kein Pflasterstein ist ..."

„Hören Sie auf, sich über den Anschlag vor ein paar Tagen lustig zu machen. Ich sag's noch einmal: Sie fordern das Unheil noch heraus, Herr Pfarrer!"

Van Kerkhof lachte. „Wenn man mir ein Klemmbrett über den Schädel ziehen will, werde ich das sicher überleben."

Im nächsten Moment wurden Klara und der Pfarrer durch zwei starke Ellbogen von hinten getrennt. Van Kerkhof erhielt einen schmerzhaften Hieb in die Rippen, sodass er ein paar Schritte nach vorn taumelte. Ein bärtiges Gesicht mit getönter Brille und schwarzer Wollmütze drehte sich ganz kurz um und stieß ein Wort aus, das Klara nicht verstand, der Pfarrer aber sehr wohl. Dann lief der Mann davon und mischte sich unter eine Gruppe, die sich für eine Besichtigung des Domes versammelt hatte.

„Was ... war ... das denn?", stotterte Klara.

„Ich weiß es auch nicht", sagte van Kerkhof, „aber es hat höllisch wehgetan."

„Und es war volle Absicht, Herr Pfarrer. Um uns herum war genug Platz, da brauchte uns niemand auseinanderzureißen, um zum Dom zu gelangen."

„Hallo, Sie da! Kommen Sie sofort zurück! Sie haben mich und den Herrn Pfarrer ..."

Klara hielt inne. „Herr Pfarrer? Sie sind ja kreideweiß! Hat der Kerl Sie verletzt?"

Van Kerkhof schüttelte den Kopf. „Lassen Sie uns umkehren, Klara. Hier möchte ich nicht mehr sein."

Der Schrecken hatte Klara für weitere Reaktionen außer Gefecht gesetzt. Willenlos drehte sie dem Dom den Rücken zu. Noch während sie kehrtmachten, überholte sie der Lange mit dem Klemmbrett und lupfte die Kappe. „Tag, Herr Pfarrer. Schönen Restmittwoch noch.“

„Ja, Ihnen auch“, rief van Kerkhof dem Mann nach, der zielstrebig davonschritt.

Wieder konnte Klara nur den Kopf schütteln. Schweigend nahmen sie und der Pfarrer den abwärts führenden Weg zurück zu ihrem Auto. Keiner von beiden wusste, was er von diesen kurzen Begegnungen halten sollte. Selbst Klara hatte es fast die Sprache verschlagen. Sie flüsterte lediglich vor sich hin: „Und ich sage: Das war wieder ein Anschlag. Jemand will Ihnen schaden. Punkt.“

Van Kerkhof fühlte sich regelrecht benommen und erwiderte nichts.

Am Auto angekommen, setzte er sich hinters Steuer und kaute gedanklich immer noch an derselben Frage herum, die ihn seit dem Rippenstoß beschäftigte. An diesem einen Wort, das dieser Fremde ihm zugeraunt hatte. Doch er behielt seine Gedanken für sich. Das war etwas für eine ruhige einsame Stunde, aber nichts für die Ohren seiner verängstigten Haushälterin.

Die wiederum wedelte draußen mit einem Stück Papier vor der Windschutzscheibe herum. „Jetzt haben wir auch noch einen Strafzettel, Herr Pfarrer! Letztes Mal durfte man hier doch noch parken ...“ Weil sie so schnell keine Brille greifbar hatte, drückte sie ihrem Chef den Zettel ungelesen in die Hand. „Da, das Auto ist auf Sie angemeldet, damit habe ich ausnahmsweise einmal nichts zu tun.“ Dann schnallte Klara sich an und richtete ihre Beine im Fußraum, bevor sie die Tür zuzog.

Van Kerkhof warf einen Blick auf den Zettel, dann noch einen, versenkte ihn eilends in seiner Jackentasche und wechselte die Gesichtsfarbe – wie zuvor auf der Domplatte.

„Nein, Klara, damit haben Sie wahrhaftig nichts zu tun. Gott sei Dank nicht.“

4.

Klara hatte eine schlimme Nacht hinter sich. In ihren Träumen war der Pfarrer mehrfach vom Nordturm des Domes gestürzt, und jedes Mal war vorher hinter seinem Rücken die schwarze Wollmütze vom Vortag aufgetaucht, die sie beide so gewaltsam auf der Domplatte getrennt hatte. Doch nie hatte sie ihren Pfarrer unten aufschlagen sehen, weil der Fall stets endlos war, beinahe schwerelos wirkte, und unten angekommen, stand er dann wieder unversehrt neben ihr.

Wenn das wirkliche Leben auch so sanft mit ihm umging, wollte sie zufrieden sein.

Trotzdem legte sie in der Nacht mehrmals ihr Ohr von außen gegen seine Schlafzimmertür und schlich sich erst wieder in ihr Zimmer nebenan, wenn sie durch das Holz den vertrauten nasalen Rasselton vernommen hatte. Erst gegen Morgen wollte ihr dann das Schlafen gelingen.

Doch Klaras eigentlicher Albtraum begann, als sie erwachte.

Das Tageslicht kroch durch die Ritzen des Fensterladens und ein schepperndes Klirren wurde zunehmend lauter. Was mochte dort so nahe vor dem Haus nur los sein? Der Sperrmülltermin lag zwei Monate zurück ... Ob sie hier vielleicht in diesem Winter die Lichterketten einmal genau vor dem Pfarrhaus und der Kirche aufhängen würden? Das wäre wunderbar!

Diese Vorstellung ließ Klara neugierig aus dem Bett steigen und umgehend das kleine Fenster zur Straße hin öffnen. Mit Schwung stieß sie auch den geteilten Fensterladen auseinander.

„Hoppla, was für ein Temperament am frühen Tag!“, rief ihr eine männliche Stimme auf Augenhöhe im ersten Stock zu, und eine weitere stimmte in das tiefe Lachen mit ein.

Als Klara begriff, wer dort an der Hauswand klebte und welchen Anblick sie den Gerüstbauern bot, überfiel die Scham sie wie eine Sturzflut. Sie schnellte rückwärts in ihr Schlafzimmer, drehte sich im Kreis und ließ sich schwindelig auf der Bettkante nieder.

Sie hatte verschlafen ... Der Pfarrer, sie musste ihn aufwecken, damit zumindest er den Handwerkern angekleidet gegenübertreten konnte. Wie dreist und ungehörig von den Männern, einfach mit einer Arbeit zu beginnen, ohne sich an der Haustür anzukündigen!

Während Klara sich ankleidete, den erstbesten Rock, einen Strickpullover und eine Kittelschürze darüber, hörte sie die Männer lachen. Sie schnappte Worte auf, die ihre Wangen zum Glühen brachten: „... heimliche Flamme", und „... heißes Gerät" ... Ein Jargon, den sie nicht beherrschte, den sie aber sehr wohl interpretieren konnte.

Außerstande, jetzt großartig weiterzudenken, eilte sie über den winzigen Flur zu des Pfarrers Schlafstube. Auf ihr Klopfen reagierte er nicht und sie öffnete die Tür. Doch Bett und Zimmer waren leer. Dann hörte sie seine Stimme draußen vor dem Haus. Er war also längst auf den Beinen!

Klaras Verstand schärfte sich. So verhielt sich das also: Während sie die halbe Nacht von einem schrecklichen Traum in den nächsten gefallen und besorgt um ihn war, hatte er es nicht für notwendig gehalten, sie zu wecken, wenn Fremde, noch dazu von der Kirche Beauftragte, an ihrer Hausfassade herumkletterten, gleich neben ihrem Fensterladen!

Natürlich würde sie dort draußen kein Theater darum machen, nein, dieses Schauspiel wollte sie den Handwerkern nicht gönnen. Sie würde das Hühnchen mit ihrem Chef rupfen, wenn sie alleine waren! Und das hier war nicht nur ein Hühnchen, sondern ein schwerer Puter.

Sie sah ihn unten im Hausflur stehen und schritt, soweit die steile Holztreppe es zuließ, beinahe würdevoll hinab und erhobenen Hauptes an ihm vorbei.

„Guten Morgen Klara. Wie haben wir denn geschlafen?", fragte er gleich darauf in ihren Rücken, während sie erstaunt feststellte, dass der Frühstückstisch für sie beide gedeckt war und es in der gemütlichen Pfarrhausküche intensiv nach Kaffee roch.

„Wie Sie geschlafen haben, weiß ich nicht“, erwiderte Klara mit angehobener Stimme. „Ich jedenfalls habe sehr gut geschlafen.“ Zumindest in den Morgenstunden, fügte sie in Gedanken mit bitterem Geschmack auf der Zunge hinzu. Sie wusste, dass sie schnippisch klang: „Sie haben die Zuckerdose vergessen.“ Dann zog sie die Nase kraus. „Und zu viel Kaffeepulver haben Sie wohl auch genommen.“

Gleich darauf drehte sie sich zu ihrem Chef um und starrte ihn aus ihren grauen Augen finster an. „Warum haben Sie mich nicht geweckt, Herr Pfarrer?“, zischte sie. „Lassen mich am Fenster auflaufen, als wäre ich eine Faulenzerin. Und in den Augen von denen da draußen bin ich Ihre ... haben Sie eine ... Hach, sehen Sie doch selbst, wie Sie das wieder in Ordnung bringen!“ Dann setzte Klara sich auf ihren Platz am Tisch und hob ihren Kaffeebecher. „Halb voll. Mit viel Milch“, sagte sie trocken. „Ihr Gebräu soll mir nicht auch noch auf mein schwaches Herz schlagen!“

Van Kerkhof wollte gerade ansetzen, etwas zu entgegnen, als es an der offen stehenden Küchentür klopfte und einer der Handwerker den Kopf hereinstreckte. „Herr Pfarrer? Würden Sie mal rauskommen? Wir wollen Ihnen kurz was erklären. – Oh, hier duftet es ja verführerisch. Ist noch was da? Würde guttun bei der Kälte draußen.“

Klaras Mundwinkel zuckten verärgert und sie legte die Stirn in Falten. Doch der Pfarrer ließ ihren Kommentar nicht zu. „Darf ich Ihnen meine Haushälterin vorstellen? Fräulein Schrupp, meine rechte Hand und vollkommen unersetzlich für mich und die Pfarrgemeinde.“

Das hatte aber jetzt richtig gutgetan! Mit einem Mal fühlte sich die dicke Luft in der Küche frisch und gesund an, in Klaras Lunge wie auch in ihrem Gemüt. Langsam drehte sie sich zur Tür: „Guten Morgen, Herr ...?"

„Michel. Von der Firma Maurerbetrieb und Gerüstbau Zischler."

„Ah ja, Herr Michel. Dann können Sie uns beiden nach dem Frühstück draußen erklären, was genau Sie an unserem Haus reparieren und wie lange es dauern wird", sagte Klara gebieterisch.

„Michel und du, Frau Schrupp."

„Fräulein. Sie haben es doch gerade gehört. Und fremde Männer duze ich nicht so einfach. Ihr Nachname wäre mir lieber."

„Michel Steier. Wie Sie wünschen. Also, wie sieht's aus? Kriegen wir auch ein Käffchen?"

„Sobald der Herr Pfarrer und ich fertig sind, setzen wir neuen Kaffee auf. In unserem Alter muss sich morgens zuerst der Blutzuckerspiegel einpendeln, bevor wir ans Werk gehen. – Herr Pfarrer, nun setzen Sie sich an den Tisch und essen etwas!"

Indem van Kerkhof mit den Schultern zuckte und Klaras Bitte nachkam, verschwand der fremde Mann ohne ein weiteres Wort. Das nahm er erst draußen wieder auf, bemüht leise und dennoch gut in der Küche zu verstehen: „Mein lieber Mann, gleich kannst du erleben, wer hier die Hosen anhat! Und das ist ganz bestimmt nicht der Pfaffe!"

Klara schüttelte kaum merklich den Kopf und bestrich ihre Brotschnitte mit Butter. „Ungehobelt und dreist", murmelte sie. „Wenn der Rüpel wenigstens noch Pfarrer gesagt hätte ..."

„Zumindest hat er erfasst, wer hier der Boss ist, nicht wahr, liebe Klara?"

„Und Sie verkneifen sich für heute das Wörtchen *liebe*. Das haben Sie sich gründlich verdorben, Herr Pfarrer, weil Sie es nicht für nötig befunden haben, mich zu wecken, als die wilden Kerle kamen."

„Moment, Klara, das lasse ich so nicht auf mir sitzen. Ich habe an Ihrer Tür geklopft. Zwei Mal war ich sogar an Ihrem Bett und habe Sie an der Schulter gerüttelt." Van Kerkhof zwang Klaras Blick in den seinen, sodass Klara die Augen senkte und schluckte. An ihrem Bett ... Und gerüttelt ... Wie tief musste sie geschlafen haben ... Ob sie geschnarcht hatte? Womöglich mit weit offen stehendem Mund ... Sie fühlte die Röte bis hinauf zum Haaransatz kriechen. Dennoch – was auch immer geschehen mochte, solange sie nicht um Hilfe rief, hatte der Herr Pfarrer in ihrem Schlafzimmer nun wirklich nichts zu suchen! Musste sie wahrhaftig nach über vierzig Jahren jetzt anfangen, ihre Tür nachts abzuschließen?

„Nun machen Sie sich mal keine Sorgen, liebe Klara, Sie lagen mit dem Gesicht zur Wand und ich war auch ganz schnell wieder draußen. Außerdem war es dunkel im Zimmer. Ich hatte nur Angst, Ihnen wäre etwas passiert, weil in diesem Haus Sie die erste sind, die morgens auf den Beinen ist. Und noch etwas", fügte er mit ungewohnt strenger Miene hinzu, „wenn Sie verärgert über mich sind, dann lassen Sie das nicht die Handwerker spüren. Sie wollten, dass Reparaturen durchgeführt werden. Jetzt sind die Männer da, trotz der späten Jahreszeit und der Kälte. Wenn Sie sie vergräueln wollen ..."

„Vergraulen heißt das", warf Klara ein, doch so leise, dass sie es selbst kaum hörte. Wie hart er mit ihr umging! Das war sie nicht gewohnt bei ihrem Pfarrer. Ob er mit ihr streiten wollte? Eigentlich behielt sie bei solchen Diskussionen die Fäden in der Hand, doch einen davon hatte er ihr bereits abgenommen.

Wenn sie es sich richtig überlegte, hatte ihr Chef mit allem recht, hatte sogar zum ersten Mal seit Jahren den Frühstückstisch für sie gedeckt und ihr ihren Tiefschlaf gegönnt. Noch dazu hatte er sie soeben als unersetzlich vorgestellt. Im Grunde war all das mehr, als sie erwarten konnte.

Etwas ganz anderes fiel ihr plötzlich auf, als sie einen genaueren Blick auf ihr Gegenüber wagte. „Sagen Sie, Herr Pfarrer, tut Ihnen etwas weh? Sie sitzen so krumm da."

Van Kerkhof bemühte sich augenblicklich um eine aufrechte Sitzhaltung, doch die gelang ihm nicht, ohne das Gesicht schmerzhaft zu verziehen. Sofort stand Klara hinter ihm. „Heben Sie mal Ihren Arm. Und jetzt den anderen. – Aha, der klemmt. Und daran ist der gestrige Schlag in Ihren Rücken schuld. Das müssen wir untersuchen lassen. Rufen Sie am besten gleich beim Doktor an. – Doch, heute noch."

„Übertreiben Sie nicht, Klara, mein Arm ist ein wenig verstaucht, ich habe falsch gelegen heute Nacht. Lassen Sie mich das beobachten, ich kenne mich selbst am besten."

„Ja, dann verlasse ich mich darauf, Herr Pfarrer. Aber mir fällt ein, dass wir gestern auch einen Strafzettel bekommen haben. Wie hoch war der denn? Sie haben mir das noch gar nicht verraten." Klara schnippte mit den Fingern, als würde sie Geldscheine zählen.

„Oh, das habe ich vergessen. Aber ich habe ihn Frau Wischnewski schon für heute Nachmittag zum Erledigen ins Büro gelegt."

Klara verschränkte die Arme vor der Brust und schüttelte den Kopf. „Der Mann wird alt und vergesslich, in der Tat."

„Sie haben recht, Klara, ich bin nicht mehr so fit wie früher. Und mein Gehirn speichert nur noch das, was wirklich wichtig ist."

„Dann kann der Strafzettel nicht so hoch sein", beruhigte Klara sich selbst und nahm wieder auf ihrem Stuhl Platz, um das Frühstück fortzusetzen.

Klara achtete genau darauf, dass ihr Pfarrer sich selbst beobachtete. Zur Sicherheit hakte sie jede Viertelstunde nach. Wenn sie ihm so nachschaute, hatte sie das Gefühl, es habe sich ein Ungeheuer in ihm eingenistet, das nur auf der Lauer lag, um an die Oberfläche zu kriechen – ebenso unerwartet, wie der Rippenstoß auf der Domplatte. Man hörte nicht ohne Grund von plötzlichen Todesfällen durch eine Thrombose.

Wenn das mal keine Absicht war, dieser heftige Stoß!, dachte sie unentwegt, doch davon wollte der Pfarrer nichts hören.

Gleichzeitig hatte Klara aber auch ein Auge auf die Handwerker an der Hausfassade. Sie hatte sich ausführlich erklären lassen, was dort oben an der Stirnseite unter dem Dach vor sich ging: Man entfernte den bröckeligen Putz aus dem Gefache, um ihn durch neuen zu ersetzen. Ebenso sollte prophylaktisch für den Winter der Putz um die Fensterrahmen der Schlafzimmer im Obergeschoss ausgekratzt und neu gedichtet werden. Bis zum Wochenende sei man fertig.

„Na, hoffentlich“, stieß Klara ungehalten aus. „Wenn Sie weiterhin so häufig mit Ihren Telefonen rumspielen, sehe ich da schwarz.“

„Wir haben im Moment ein ziemliches Durcheinander im Betrieb, müssen Sie wissen. Der Juniorchef macht Probleme. Hat wohl in den Sack gehauen und keiner weiß so genau, was wem wann zugesagt wurde.“

„In den Sack gehauen?“ Klara verzog angewidert das Gesicht. Diese Jungs sollten sich zumindest in Anwesenheit einer alten Dame zu artikulieren wissen. Klaras bohrender Blick forderte das auf der Stelle erfolgreich ein.

„Na, den Hut genommen hat er, Fräulein Schrupp. Oder er spinnt sonst wie rum. Weiß der Teufel, was da los ist.“

„Aha! Aber den Teufel lassen wir hier beim Pfarrhaus gefälligst aus dem Spiel. – Sie können mir vielmehr nachher, wo Sie schon mal da oben rumkrabbeln, etwas über der Haustür aufhängen.“ Bevor sie es wieder vergaß, eilte Klara nach oben in die Rumpelkammer und kam mit einem großen mehrstrahligen Stern zurück.

„Das ist der Stern von Bethlehem. Falls Ihnen das etwas sagt. Das Kabel leiten Sie nach unten zur Haustür, zur Steckdose im Flur. – Gucken Sie nicht so, das reicht genau bis dorthin. Wenn Sie es denn richtig machen!“

Schon wollte Klara ins Haus gehen, als ihr in den Sinn kam: „Am besten machen Sie das gleich jetzt.“ Und sie baute sich in dem kleinen Vorgarten mit verschränkten Armen hinter den Arbeitern auf.

„Das kostet aber extra“, murmelte einer der Männer.

„Machen Sie sich mal keine Gedanken über die Rechnung. Die wird schon beglichen werden“, erwiderte Klara und schob das kleine ungute Gefühl beiseite. Wichtig war im Moment einzig, dass sie dieser Montage beiwohnte! Bis der Stern in der richtigen Position hing, brauchte es unzählige Korrekturen. Als Klara schließlich zufrieden war, bekamen die Arbeiter noch eine abschließende Anordnung: „Wenn es in Ihrem Betrieb schon so schludrig zugeht, konzentrieren Sie sich jetzt doppelt so gut hier an unserem Haus. Nicht, dass wir aus der Tür kommen und das Gerüst bricht über uns zusammen!“

„Keine Sorge, Fräulein Schrupp. Da, sehen Sie, wie fest das Ding ist.“ Sogleich wurde ihr demonstriert, wie sicher all die großen verschraubten Teile angebracht waren. Die Männer rüttelten an der Stellage links und rechts der alten hölzernen Haustür. „Da können Sie Klimmzüge dran machen. Und die Leitern schieben wir über Nacht auf die oberen Gerüstdielen.“

„Und wenn jemand anderes Klimmzüge macht und mich da oben in meinem Zimmer besucht?“, gab Klara mit skeptischer Miene zu bedenken.

Die beiden Arbeiter wandten den Blick zur Seite.

„Ich sehe schon, dass Sie grinsen“, sagte Klara, doch sie winkte ab, um sich ins Haus zu verziehen. Die mahnende Stimme in ihrem Kopf redete seit dem Pflasterstein unentwegt auf sie ein, wachsam zu sein. Für sich selbst, vor allem aber für ihren Chef.

Gegen Mittag machte sie eine Beobachtung, die in ihren Augen unverzügliches Handeln erforderte.

„So, jetzt habe ich die Faxen satt! Wie hängen Sie denn da, Herr Pfarrer? Über der Stuhllehne nach vorn gebeugt. Das Blut schießt Ihnen doch in den Schädel! Es ist wieder der Rücken, habe ich recht?“

Zum ersten Mal in all den Jahren, die sie an seiner Seite lebte, hörte sie ihren Pfarrer laut stöhnen – ein Geräusch, das Klara so fremd war, als würde er plötzlich im Sopran singen.

„Können Sie Auto fahren? Dann werde ich Sie jetzt langsam hochziehen. Einen Termin brauchen wir nicht. Den kriege ich vor Ort für Sie, und zwar auf der Stelle. Außerdem liegt hier die Dringlichkeit auf der Hand. Basta!“

Erst am Nachmittag kamen sie zurück zum Pfarrhaus.

Wie vermutet, waren die Handwerker nicht mehr da. Die Leitern waren vorschriftsmäßig auf den darüberliegenden Dielen verstaut und der Hauseingang sauber gefegt.

Der ordentliche Anblick erweichte Klaras Herz. „Weg sind sie, ohne eine Mahlzeit! So etwas gibt es bei mir doch gar nicht. Dafür bekommen sie morgen eine Erbsensuppe, die fleißigen Knaben. Und Sie, Herr Pfarrer, sollten froh und dankbar sein, dass man Sie versorgt hat. Mit dem Korsett oder wie das Ding um Ihre Rippen heißt, stehen Sie wieder aufrecht wie ein Brett, Sie werden sehen. Es war jedenfalls wirkungsvoller als Ihr Lebensmotto: *Der liebe Gott wird's schon richten*. Es heißt nicht umsonst: *Hilf dir selbst, dann hilft dir Gott*. Nicht wahr, Herr Pfarrer? Trotzdem war dieser Doktor auch ein wenig senil. Will uns was von der Brustwirbelsäule erzählen. Die hat man doch vorne, und Ihnen tut's doch hinten weh! Die Bandage geht ja rundherum, da wird sie schon irgendwo die richtigen Wirbel stützen. Mich beruhigt das ungemein. Und trotzdem gehört diesem Rabauken von der Domplatte mal mindestens eine Standpauke gehalten. Drängelt sich da zwischen uns durch, als würde ihm die Welt gehören! Na ja, wer weiß, vielleicht sollte das so sein, damit Sie mal lernen, wieder richtig aufrecht zu gehen. Sie kriegen nämlich so langsam einen Rundrücken. Schauen Sie mal mich an, ich gehe kerzengerade und sitze wie ein Ausrufezeichen. Aber auch im Alter ist man noch lernfähig, Herr Pfarrer, auch Sie! Und jetzt machen wir ..."

„Jetzt, meine liebe, fürsorgliche Klara, machen wir mal eine kurze Redepause, damit ich alles verarbeiten und sortieren kann, was Sie während der Fahrt so alles von sich gegeben haben."

Klara biss sich auf die Lippe. Hatte sie so viel geredet? Nun ja, wenn sie es richtig überdachte, hatte sie die gesamte Fahrt vom Krankenhaus bis zurück zum Pfarrhaus für ihren Monolog genutzt. Wenigstens wusste der Pfarrer jetzt, wie er sich in nächster Zeit im Umgang mit sich selbst zu verhalten hatte und dass sie umgehend die Polizei rufen würde, sollte ihnen noch eine einzige verdächtige Handlung von außen auffallen. Außerdem hatte sie ihn wissen lassen, wer in diesem Jahr eine Weihnachtskarte bekommen sollte und wer nicht – immerhin war man nach zwölf verstrichenen Monaten wieder um einiges an Erfahrung reicher ...

Als van Kerkhof sich jetzt schwer atmend und nach drei Anläufen aus dem Fahrersitz hochstemmte, seufzte Klara: „Hätte ich doch besser mal den Führerschein gemacht. Dann hätte ich Sie liegend auf der Luftmatratze transportiert und könnte Sie jetzt mitsamt dem Ding hinten aus der Rückklappe rausziehen."

5.

Der Wecker zeigte 2.05 Uhr an. Pfarrer van Kerkhof lag noch wach. Es war nicht der Rippengürtel, der ihn am Einschlafen hinderte, sondern das Wissen um den Inhalt seiner Nachttischschublade.

Noch einmal knipste er die kleine Lampe auf der Glasplatte an und stützte sich langsam auf den Ellbogen ab. Mit dem linken Arm griff er über den rechten, um in eine erträgliche Position zu gelangen und die kleine Holzlade herauszuziehen. Seine Hand tastete weit nach hinten, obwohl er das, was er hervorangelte, auch gleich obenauf hätte deponieren können. Wenn es einen Ort gab, der vor Klaras Schnüffeleien sicher war, dann dieses Schränkchen neben seinem Bett. Er hatte Klara frühzeitig gesagt, was er dort aufbewahrte – und vor den Erinnerungen an seine frühe Jugend hatte seine Haushälterin Respekt, waren es Fotos, Briefe, Notizen oder Andenken.

Klaras ausgeprägte Neugierde konnte er nicht nachempfinden. Es würde ihm nicht im Traum einfallen, in ihren privaten Schätzen zu stöbern, was auch immer es sein mochte, das sie in ihrem kleinen Sekretär aufbewahrte.

Der Zettel, der nach ihrem kurzen Ausflug in die Limburger Altstadt unter dem Scheibenwischer klemmte, hatte nicht das geringste mit einem Strafzettel zu tun – und schien dennoch genau das zu sein. Van Kerkhof kannte den spärlichen Inhalt längst auswendig, doch faltete er die persönliche Botschaft auch jetzt wieder auseinander:

Guter Rat ist bekanntlich teuer – er kann aber auch tödlich sein.

Schwarze Druckbuchstaben, genau in der Mitte des Bogens angeordnet.

Ganz eindeutig war das eine Drohung. Eine Fortsetzung der Aktion mit dem Pflasterstein wie auch des derben Rippenstoßes, dessen gezielte Heftigkeit er Klara gegenüber bisher verschwiegen hatte. Damit war er persönlich gemeint gewesen. Dieser Mann auf der Domplatte, mit Vollbart, dunkler Brille und schwarzer Wollmütze, er musste ihnen bis dorthin gefolgt sein, schon als sie den Wagen geparkt hatten.

Jemand wollte ihm schaden! Dann dieses eine Wort, das der Fremde ihm zugeraunt hatte: *„Vergeving!“* Verzeihung – mit einem schadenfrohen Unterton. Ein Wink mit der Faust.

Ob ihm ein holländischer Landsmann ein altes Vergehen nachtrug?

In van Kerkhofs Erinnerung gab es nichts, was gesühnt werden müsste. So lange war er schon Pfarrer in Deutschland, und dieser Mann, der ihm den Stoß versetzt hatte, war noch recht jung gewesen, äußerst beweglich und kraftvoll. Der musste noch ein Kind gewesen sein, als er selbst seine Heimat, die Niederlande, verlassen hatte.

„Guter Rat kann tödlich sein“, murmelte der Pfarrer jetzt der schwach angestrahlten Zimmerdecke entgegen. Ja, hier musste er ansetzen: bei einem Ratschlag, der letztendlich jemandem geschadet, vielleicht sogar das Leben gekostet hatte ...

Oder Moment, war das Wörtchen *tödlich* gegen ihn selbst gerichtet? Sollte er für einen Rat jetzt mit dem Leben bezahlen?

Auf keinen Fall durfte seine Haushälterin diesen Zettel sehen. Sie würde mit ihm sämtliche Gespräche mit Gemeindegliedern durchgehen, obwohl sie die meisten davon mit Sicherheit belauscht hatte. Auch über die Beichtgespräche würde sie ihn ausquetschen, mit einer eigens aufgestellten Theorie, dass im Falle von Leben und Tod das Beichtgeheimnis hintenan gestellt werden müsste. Oh ja, er kannte seine Klara gut genug, gerade, wenn es um ihn persönlich ging!

Van Kerkhof hielt inne. Ihm war es, als blinke eine Signallampe in seinem Kopf: Hatte er vielleicht im Fall Rosenbaum einen Fehler gemacht? Hatte er etwas bei einem der Haftbesuche geäußert, was dem wegen Mordes verurteilten Bestatter sauer aufgestoßen war? Oder hatte er Rosenbaums Familie mit einem Ratschlag bedacht, den sie befolgt hatten und bitter bereuen mussten?

Van Kerkhof dachte sich in all die Besuchstermine hinein, ließ Reaktionen aufleben, bis zurück zu Rosenbaums versuchtem Sprung vom Nordturm des Domes. Reichte Rosenbaums Arm so weit, dass er außerhalb der Haftanstalt jemanden beauftragen konnte, dem Pfarrer, der ihn vom Springen abgehalten hatte, ein paar deftige Denkzettel zu verpassen, weil die Inhaftierung so unerträglich war?

Oder gar dessen Sohn, der so unverfroren zugab, er wünschte, sein Vater hätte Erfolg gehabt mit seinem Selbstmordversuch?

In dem kleinen Flur vor van Kerkhofs Tür knarrten die Holzdielen. Klara war unterwegs. Kurz darauf vernahm er die Toilettenspülung, die in diesem hellhörigen Fachwerkhäuschen den Geräuschen eines Wolkenbruchs gleichkam. Dann hörte er ihre Schritte gleich vor seinem Zimmer, konnte ihren Monolog verstehen, als sie vermutlich ihr Ohr gegen das Holz legte, nachdem ihr der Schimmer unter dem Türspalt aufgefallen war: „Hat der Mann wieder mal vergessen, das Licht auszumachen. Ich sag's ja: alt und vergesslich. Kein Wunder, dass unser Stromzähler ununterbrochen rundläuft!"

Für einen Moment war es ganz still dort draußen im Flur, dann entfernte sich das vertraute Schlurfen. So einfach sein Schlafzimmer zu betreten, wagte die Gute nun doch nicht, selbst wenn sie das zurzeit als Privileg betrachten konnte, war er am Dienstagmorgen doch selbst an ihrem Bett gewesen und hatte ihr beim Schlafen zugesehen ...

In dem engen Flur des Obergeschosses waren sie sich des Nachts jedoch schon oft begegnet – die Toilettengänge häuften sich beiderseits mit jedem zurückgelegten Jahr.

Rasch schob van Kerkhof den Drohbrief wieder nach hinten in die Schublade. Andererseits, so ging es ihm durch den Kopf, was, wenn gerade Klara den Grund für eine solche anonyme Äußerung entschlüsseln konnte? Ob er sie nicht doch einweihen sollte? Klara trug nicht umsonst ihren Namen, vieles lag für sie augenblicklich klar auf der Hand.

Nun, er würde das morgen entscheiden, wenn er ausgeruht war und die nächtlichen Grübeleien sich ein wenig verflüchtigt hatten. Er hatte auch nicht vor, jetzt panisch zu werden. Vielmehr wollte er so weitermachen wie bisher, wollte Gott Freude bereiten, indem er ihm so sehr vertraute, dass er seine Tage unbeschwert und fröhlich lebte.

Bevor er das Licht ausknipste, warf er einen Blick auf den Psalm unter der Glasplatte seines Nachttisches, der ihm Tag für Tag neue Zuversicht gab: *Er wird deinen Fuß nicht gleiten lassen, und der dich behütet, schläft nicht.*

Dann fiel sein Blick unwillkürlich auf das Foto, das seine Haushälterin ihm danebengeklemmt hatte: Klara mit ihrem schräg sitzenden Hütchen, ihrem Stockschirm und der alten braunen Handtasche, in der Haustür des kleinen Pfarrhauses, felsenfest auf ihren kleinen Füßen stehend.

Wie ein zuverlässiger Wachhund, dachte van Kerkhof mit einem beruhigten Schmunzeln, und konnte kurz darauf einschlafen, als hätte es die finsteren Gedanken nie gegeben.

„Warum sind Sie so schlecht gelaunt, Klara?“, fragte er am nächsten Morgen. „Liegt es daran, dass die Handwerker das Gerüst heute doch nicht wie angekündigt abbauen werden?“

Seine Haushälterin grummelte gebeugt im Besenschrank vor sich hin und kam mit hochrotem Kopf wieder hervor, Handfeger und Kehrblech in der Hand. „Ständig Dreck und Staub wegzumachen, ist kein Zuckerschlecken, Herr Pfarrer. Sie haben da gut reden, Sie dürfen sich ja nicht bücken.“

Eigentlich sollte er Klara darauf aufmerksam machen, dass ihr Unterrock hinten länger war als der braune Wollrock, doch in Anbetracht ihrer Laune verzichtete er lieber darauf. Sollte besser sie selbst das feststellen oder ein anderer diesen Hinweis übernehmen.

„Seien Sie doch froh, dass die Sache jetzt richtig gemacht wird, Klara. Wenn unsere Männer da draußen der Meinung sind, dass sie die morschen Pfannen unter dem Dachüberstand noch befestigen sollten ..."

„Wir sprechen hier nicht von Pfannen, sondern von Paneelen. Ihr holländischer Käse-Schädel bekommt offenbar immer mehr Löcher. – Jetzt vergisst er schon Wörter aus der eigenen Sprache." Klara ließ ihn in der Küche zurück, und gleich darauf hörte van Kerkhof sie mit den beiden Arbeitern diskutieren.

Doch urplötzlich war es still, bis der Pfarrer Klara schimpfend die Treppe zum Obergeschoss hinaufpoltern hörte. Er rief ihr nach, doch ihre Schlafzimmertür wurde über ihm mit Wucht zugeschlagen.

„Was gab es denn gerade?", fragte van Kerkhof vorsichtig die Männer draußen auf dem Gerüst. „Hatten Sie Streit mit Fräulein Schrupp?" Doch die setzten unbekümmert ihre Arbeit fort.

„Keine Ahnung", sagte einer der beiden, „hatte nichts mit uns zu tun. Ihre Perle hat irgendwas auf der Straße beobachtet, das sie wütend gemacht hat."

Van Kerkhof trat ein paar Schritte hinaus in den Vorgarten, entdeckte jedoch nichts Ungewöhnliches vor dem Haus und in der näheren Umgebung.

„Wahrscheinlich wieder der Terrier der Nachbarin", mutmaßte er und schüttelte den Kopf. An manchen Tagen war Klara einfach ein kleines Pulverfass ohne Deckel. Er würde wohl nie hinter ihren biologischen Rhythmus kommen, wie sie das Barometer ihrer wechselnden Verfassung noch immer gerne bezeichnete. Und von Derartigem hatte er ohnehin nicht sehr viel Ahnung. In solchen Momenten war er nur froh und zufrieden, sich damit nicht persönlich befassen zu müssen.

Selbst beim Mittagessen zu viert, es gab die versprochene Erbsensuppe, äußerte Klara sich mit keinem Wort zu ihrem Wutausbruch vom Morgen. Van Kerkhof gegenüber verhielt sie sich äußerst zurückhaltend und wich seinen Blicken aus. Den hungrigen Arbeitern hingegen war sie voller freundlicher Geschäftigkeit zugetan. Wer sich von Klara Schrupp die dritte Portion Suppe erbat, hatte bei ihr einen Stein im Brett und durfte sogar ohne ihre tadelnde Miene hemmungslos rülpsen.

Van Kerkhof beschloss, künftig des Öfteren Nachschlag zu fordern und seine Haushälterin mehr zu loben – vielleicht ein eigennütziger Vorsatz, weil er sich davon mehr Milde von ihr versprach. Er musste sich aber auch eingestehen, dass er in den letzten Tagen recht streng mit Klara gewesen war. Die Atmosphäre im Pfarrhaus war seit dem Wurf mit dem Pflasterstein sehr angespannt und keiner von ihnen beiden hatte noch ein gesundes Nervenkostüm. Womöglich wurde daher das Thema auch so umgangen. Wiederum schienen beide unter Druck zu stehen, den gemiedenen Gesprächsraum dafür auszufüllen. Alles, was für Klara Fragen aufwarf, die sie sich weder selbst noch ein anderer ihr beantworten konnte, ließ sie verzweifeln. Und er versuchte es gar nicht erst, sie zu beruhigen, weil er ebenso über die vergangenen Geschehnisse rätselte wie seine Haushälterin.

Als die Schüssel mit dem Schokoladenpudding auf dem Tisch stand, klingelte es an der Haustür.

„Wehe wenn ...“, sagte Klara scharf, erhob sich wie elektrisiert von ihrem Stuhl und eilte mit schnellen kurzen Schritten hinaus in den Hausflur, wobei sie die Küchentür hinter sich ins Schloss zog.

Dem Pfarrer war unbehaglich zumute, er konnte nur hoffen, dass dieser Besuch am Samstagmittag nichts mit der verdeckten Drohung gegen ihn zu tun hatte. Doch Klaras Reaktion auf die Haustürklingel hatte auf irgendetwas Persönliches hingedeutet, und er hatte keine Ahnung, was da heute im Kopf seiner Haushälterin vor sich ging.

Die Handwerker schlemmten mit Genuss den Schokoladenpudding, unterhielten sich dabei über die miese Stimmung im Unternehmen Zischler – und dass sie gespannt seien, wie sich das Durcheinander mit den Aufträgen und den Personalangelegenheiten letztendlich fügen würde.

„Na, mir soll's egal sein, solange ich mein Gehalt aufs Konto kriege", sagte der ältere der Arbeiter. „Sie haben's da leichter, was, Herr Pfarrer? Die Kirche hat genug Knete, da muss Ihnen nie bange werden um Ihren Lebensunterhalt."

Van Kerkhof senkte ein wenig beschämt den Kopf und sagte: „Ist so, aber auch wir im geistlichen Amt haben unsere Sorgen." In Gedanken fügte er hinzu: Wir müssen um unser Leben bangen, wenn wir als Seelsorger und Berater einmal versagen. Und wenn seine Klara morgen sehen sollte, dass der Küster in der kleinen Kirche nebenan ein paar Eimer auf der Empore aufgestellt hatte, weil es an verschiedenen Stellen durchs Dach regnete, würde er umgehend wieder an oberer Stelle vorsprechen und um Reparatur bitten müssen.

Doch erst einmal wollte er ergründen, was seine Klara zurzeit so sehr beschäftigte, dass sie ständig gereizt wirkte und ihm kaum in die Augen sehen konnte.

Im nächsten Moment öffnete sich die Küchentür und er erkannte sogleich, dass seine Haushälterin verärgert war, was aber offenbar nichts mit ihren derzeitigen Nöten zu tun hatte, denn für den Moment schien sie regelrecht erbost zu sein.

„Da, von Matthias! Schon wieder eine Entschuldigung für den Gottesdienst!" Mit Schwung rutschte ein gefalteter Brief über die Tischplatte auf van Kerkhofs Dessertschale zu.

„Warum wird man Messdiener, wenn man die halbe Zeit fehlt?", begehrte Klara auf. „Soweit ich weiß, war es extrem schwierig, den Jungen im Firmunterricht zu halten, weil er zu Hause ständig helfen musste. Morgen ist es angeblich der kleine Bruder, auf den er aufpassen soll. Armer Bub, mit vierzehn schon so viel Verantwortung am Bein! Wie Siggi erzählt hat, musste er im Sommer das Fußballlager auch früher beenden als die anderen."

Van Kerkhof gab Klara recht. Der klein gewachsene Matthias mit den roten Pauswangen war auch anderen Kindern ein willkommenes Opfer. Jeder machte mit ihm, was er wollte. Er wurde ständig vorgeschickt, wenn andere etwas für sich erreichen wollten. Und er gehorchte aufs Wort, weil ihm die Gunst und die Sympathie der Gleichaltrigen wichtiger waren als seine eigenen Belange.

„Wie gut, dass wenigstens unser Siggi als Gemeindehelfer mit den Ministranten über WhatsApp in Kontakt steht", sagte van Kerkhof mit betrübter Miene.

„Und wer ist das schon wieder, dieser Wotsäpp? Einer Ihrer holländischen Freunde?"

Die Arbeiter zogen Gesichter, als hätten sie vor, den Pudding auszuspucken, doch der Pfarrer kam jeder Reaktion zuvor.

„Davon müssen wir nichts verstehen, liebe Klara. Das ist ein telefonisches Kontaktprogramm unter jungen Leuten", erklärte van Kerkhof beinahe liebevoll, und sie wischte die Information dankbar mit der Hand ins Leere. Ihr war anzusehen, dass sie sich mit anderen Gedanken schwertat, doch dahinter würde man heute wohl nicht mehr kommen, denn es standen noch einige Programmpunkte aus.

Vor allem wollte die Predigt für den nächsten Tag fertiggeschrieben werden. Und da Pfarrer van Kerkhof seiner neugierigen Klara für diesen so unleidlichen Samstag noch eine kleine Beglückung gönnen wollte, würde er seine Niederschrift wie zufällig bis morgen einfach offen auf seinem Schreibtisch liegen lassen.

6.

Am Sonntagmorgen regnete es in Strömen. Van Kerkhof stand am Fenster seines Büros und blickte in das triste Novembergrau. Er sehnte sich nach seinem Nordseestrand, der selbst in dieser trostlosen Jahreszeit noch reizvoll war. Es gab Stiefel und Öljacken, die dem heftigen Seewind trotzten. Wie gern hatte er sich inmitten von Sturm, Gischt und schreienden Möwen bewegt. Sein Kopf war dort schon nach wenigen Minuten wie durchgepustet, und alle Sorgen schienen in eiserne Käfige verbannt, um erst bei Bedarf wieder herausgelassen zu werden.

Hier hingegen wurde ihm gar noch untersagt, im Talar den kurzen Weg hinüber zur Kirche zurückzulegen.

„Der wird doch patschnass, Herr Pfarrer!“, so Klara auch an diesem Morgen. „Bei normalen Pfarrern hängt das Ding in der Sakristei und nicht am Kleiderständer im Schlafzimmer!“ Ihr prüfender Blick wanderte nach unten. „Jetzt sollten Sie in der Tat einmal Ihre blauen Turnschuhe anziehen und erst drüben in der Kirche in die schwarzen Sonntagsschuhe steigen. Aber nein, bei uns läuft ja das meiste entgegen der Norm. Dann machen Sie doch, was Sie wollen! Von mir aus können Sie in der Kirche auch ohne Socken predigen, weil Sie die nämlich gleich auswringen können.“

Und Klara machte auf dem Absatz kehrt, um sich in ihren Wollmantel zu hüllen und ihr Kopftuch fest unter dem Kinn zu verknoten.

Von den Messdienern fehlte nur der rotwangige Matthias. Dafür saß, wie befürchtet, eine bestimmte Person bereits in der zweiten Bank auf der linken Seite.

Van Kerkhof ahnte, dass die weißhaarige Frau mit dem lila Schimmer auf dem Haupt Klara erneut ein Dorn im Auge sein würde. Auch heute war ihr Gesicht auffallend bunt angepinselt.

Bevor van Kerkhof sich in die Sakristei zurückzog, um sich auf den Gottesdienst einzustimmen, warf er einen letzten Blick auf diese Fremde, und er erschrak, wie maskenhaft sie doch aussah, wie künstlich aufbereitet und starr ihre Züge wirkten.

Doch als er etwas später hinter den Messdienern her von der Seite zur Kanzel schritt, sah er die Frau nicht mehr. An ihrer Stelle saß Klara, und wenn sein kurzer Eindruck ihn nicht täuschte, blickte sie ihm recht triumphierend aus ihrem Häkelschal entgegen. Ob sie die Fremde verscheucht hatte?

Doch jetzt wollte er sich nicht von irritierenden Wahrnehmungen ablenken lassen, sondern sich ganz auf den heutigen Predigttext und seine Kirchgänger konzentrieren.

Als er sich schließlich zu der Gemeinde umdrehte, erfasste er augenblicklich den Grund für das Verschwinden der fremden Frau: Klara hatte sich genau vor ihr breitgemacht, ganz gezielt auf der linken Bankseite, die sie nur im Notfall belegte. Und wie groß Klara selbst im Sitzen noch war! Sie musste sich mehrere Kniekissen unter das Gesäß geschoben haben, wollte offenbar der Frau den freien Blick nach vorn nicht gönnen. Seine Haushälterin war von der Eifersucht geplagt, wie rührend ...

Er unterdrückte ein Schmunzeln und schlug seine Niederschrift für die Predigt auf. Das hätte er, wie sonst auch, besser am Morgen noch einmal getan, denn auch hier hatte sich Klaras Handschrift breitgemacht. Natürlich, sie meinte es gut, versuchte ständig, seine Muttersprache in besseres Deutsch zu verwandeln, doch in seinem Predigtbuch hatte sie bisher noch nie so ausführlich herumgekritzelt. Durch die vielen roten Pfeile, Striche und Ersatzwörter würde er so schnell nicht durchblicken geschweige denn darauf reagieren können. So klappte er, einem spontanen Entschluss folgend, das in Leder gebundene Schriftgut zu und beschloss, frei zu reden, zu zitieren und zu predigen.

Damit versetzte er seine Haushälterin erst recht in Anspannung, die zudem noch einen weitaus größeren Stress hatte, weil sie sich unentwegt umdrehen musste, um sich davon zu überzeugen, dass sich kein Attentäter in die Kirche geschmuggelt hatte. Hoffentlich verlor Klara nicht die Nerven und störte die Andacht; schon heute Morgen hatte er ihre Beruhigungspillen im Badezimmer liegen sehen.

Unwillkürlich glitt auch sein Blick über die Sitzreihen. Doch außer der überschminkten Dame konnte er kein fremdes Gesicht ausmachen. Was ihm jedoch auffiel, war der hochgesteckte blonde Haarknoten ganz hinten beim Portal. Der gehörte zu seiner Sekretärin, Frau Wischnewski. Und die wiederum saß gleich neben dem dünnen Mann mit der Schirmkappe und dem Klemmbrett. Ob dieser das Teil auch heute mit sich trug, war von hier vorn nicht zu erkennen. Das jedoch würde Klara schon noch herausbekommen, denn auch sie musste den Mann entdeckt haben, weil sie ihren Oberkörper zum wiederholten Male um hundertachtzig Grad nach hinten verrenkte.

Van Kerkhof wusste, dass er für die Kirchenbesucher an diesem dunklen Novembertag einen äußerst zerstreuten und unkonzentrierten Pfarrer abgab. Er fühlte sich nicht wohl in seiner Haut, und wenn er tief in sich hineinhorchte, war er mittlerweile trotz allen Gottvertrauens ein ängstlicher Mensch geworden.

Schon das kleinste ungewohnte Geräusch vermochte es, einen Stromschlag durch seine Nervenbahnen zu jagen. Und als die Orgel für die Ausgangsmelodie einen unbekannten tiefen Pfeifenton vorausschickte, stellte er fest, dass nicht nur er, sondern auch Klara wie vom Blitz getroffen zusammenzuckte.

Doch wie schnell sie sich dann erholt hatte und an allen anderen vorbei durch den Ausgang geschlüpft war, musste dies schon im Voraus geplant gewesen sein. Schließlich musste sie schauen, wer genau da war und wie man sich verhielt, welche Bewegungen gemacht wurden, was man mit sich trug und mit welchen Blicken man sie und den Pfarrer bedachte, der sich kurz darauf im Portal aufbaute und jede Hand zum Abschied schüttelte.

„Frau Wischnewski war ja schnell verschwunden, was?“, sagte Klara, als sich auch die letzten Gottesdienstbesucher von dem kleinen Vorhof entfernt hatten.

Es hatte aufgehört zu regnen, die Luft war angenehm aufgeklart und ein paar Sonnenstrahlen blitzten zwischen den davonziehenden Wolken hindurch.

„Das gibt es doch nicht! Wo kommen die denn her?!“ Klara stieß den Pfarrer fest mit dem Ellbogen in die Seite, sodass der kurz aufstöhnte.

„Ach, ich habe vergessen, dass Sie ja Invalide sind. Tut mir leid, Herr Pfarrer, aber schauen Sie doch mal nach links!“ Ihre Schirmspitze deutete auf den Kiesweg zwischen Kirche und Pfarrhaus, über den angeregt plaudernd die Sekretärin Wischnewski und der Dünne mit der Schirmkappe auf sie zu schlenderten. Sein Schreibbrett trug der Mann fest unter den Arm geklemmt.

„Wo kommen Sie denn her?!“, fauchte Klara die Pfarrsekretärin an. „Dort hinten gibt es doch nichts weiter als den Anbau des Herrn Pfarrers. Und Sie wollen mir nicht allen Ernstes gestehen, dass Sie einen Fremden dorthin, womöglich noch hineingeführt haben!“

Frau Wischnewski senkte den Kopf so tief, dass der blonde Haarknoten ihr Gesicht vollkommen verbarg. Trotzdem stellte van Kerkhof fest, dass sie puterrot geworden war. Jetzt war auch er in der Tat verblüfft.

„Da gebe ich Frau Schrupp recht“, pflichtete er Klara bei und erhielt umgehend einen stummen Hinweis mit dem Zeigefinger. „Fräulein Schrupp, wollte ich sagen“, korrigierte er sich sogleich.

„Seit wann das denn?“, lachte die Sekretärin auf.

Klara warf ihr einen strengen Blick zu, den sie in Anwesenheit des solidarischen Pfarrers doppelt zu genießen schien. „Nun lenken Sie mal nicht von sich ab, Fräulein Wischnewski“, betonte Klara den Namen ihres Gegenübers, wusste sie doch, dass die Sekretärin, obwohl unverheiratet, besonderen Wert darauf legte, mit Frau angesprochen zu werden. „Der Kirchenanbau gehört zur Privatsphäre des Herrn Pfarrers. Und da hat außer ihm und mir niemand etwas verloren! Und Sie kommen dahergeschlendert wie Kurgäste, die Sehenswürdigkeiten aufsuchen. Also, haben Sie den Anbau betreten? Und wenn ja, haben Sie dabei womöglich auch noch die hintere Tür zur Sakristei geöffnet?“

„Ich ... aber ... nein, ich meine, ja ... weil ...“ Die Sekretärin blickte hilfesuchend zum Pfarrer hinüber. „Der Herr Flick schreibt für den *Kirchensonntag*. Ihn interessieren die kirchlichen Bauten und die Gottesdienstgestaltung der kleinen ...“

Der Mann mit dem Klemmbrett mischte mit: „Und schauen Sie, so ein Hintereingang zur Kirche, noch dazu bestückt mit den Gartengeräten des Pfarrers, das ist das i-Tüpfelchen eines Artikels. Wenn ich das jetzt nicht mit einbringe, ist mein gesamter Bericht doch nur ein Fragment!“

Klaras Schirm wedelte zwischen ihnen hin und her. „Ihre I-Tüpfelchen können Sie sich von mir aus in die Pfeife stecken. Sie haben sich da aufzuhalten, wo Ihnen der Zugang erlaubt ist. Und das sind ganz bestimmt keine Hinterhöfe und Geräteschuppen. Nein, so was aber auch! Pirscht sich an die Sekretärin eines Pfarrers heran! Womöglich hat die ihm das auch noch angeboten, verflixt noch mal!“

Van Kerkhof umfasste Klaras Oberarm. „Lassen Sie es gut sein, Klara“, sagte er leise. Ihm entging nicht, dass der fremde Mann ein paar Schritte zurücktrat und sich verlegen an seinem Klemmbrett festhielt. Eine Person wie Klara war ihm im Laufe seiner Recherchen im geistlichem Bereich bestimmt noch nicht untergekommen, dachte van Kerkhof. „Sie können gern einen Termin mit mir ausmachen, Herr Flick. Ich denke, über den offiziellen Weg erhält man auch brauchbare Informationen. Und die müssen gewiss nicht um Geräteschuppen kreisen.“

Klara nickte dem nach und hakte sich beim Pfarrer unter. Würdevoll schritten sie nun auf das Pfarrhaus zu. Van Kerkhof gönnte seiner Haushälterin diesen kleinen Triumph gegenüber seiner Sekretärin, die sich auch in seinen Augen nicht richtig verhalten und die Klara ohnehin schon immer als zu vorwitzig empfunden hatte.

Und abermals fiel es dem Pfarrer auf, dass es meist Frauen waren, mit denen Klara ihre Schwierigkeiten hatte. Es gab kaum eine weibliche Person, die Klara einmal besuchte oder zu der Klara eingeladen wurde. Manchmal hatte er den Eindruck, dass seine Haushälterin sich besser in der Männerwelt zurechtfand.

Er war sich wohl bewusst, dass Klaras Leben in einem Pfarrhaus Einschränkungen unterlag, hatte im Laufe der vielen Jahre aber auch verfolgen können, dass genau diese Art von Fürsorge in Verbindung mit einer wachsenden Dominanz genau das war, worin Klara aufging und worin sie sich voll entfalten konnte. Immerhin hatte der Mensch durch Gottes Wille seinen eigenen freien Willen erhalten.

Sie hatte sich ihren Beruf ausgesucht, sah darin ihre Berufung und hatte noch nie geklagt, dass ihr etwas fehlte. Eine Klara Schrupp wusste genau, was sie wollte, oh ja, daran bestand kein Zweifel.

So wollte Pfarrer van Kerkhof auch gerne glauben, dass sie durch dieses eingeschränkte Leben an seiner Seite nichts Schönes entbehrte, das sie sich im Geheimen wünschte. Fragen durfte er sie nach solchen Überlegungen nicht. Auch nicht, was sie heute nach dem Gottesdienst zu der aufgetakelten fremden Frau gesagt hatte.

Er hatte wohl gesehen, wie die Gute ihr nachgeeilt war, sie umrundet und angesprochen hatte, ebenso Klaras Miene, selbst auf die Entfernung hin. Da war nichts Angenehmes ausgetauscht worden. Van Kerkhof wollte es im Grunde gar nicht wissen. Vermutlich war dies das letzte Mal gewesen, dass er den Paradiesvogel, wie er die Frau im Stillen nannte, in seiner Kirche gesehen hatte. Und seltsamerweise war ihm das gleichgültig. Er brauchte seine Gedanken für anderes. Und er hatte ein sehr ungutes Gefühl.

7.

Klara schreckte hoch. Da war etwas vor ihrem Fenster! Es klirrte und schabte leise, dann ein kurzes Rumpeln. Das konnte doch nicht wahr sein! Die Arbeiter begannen ja noch vor Tagesanbruch, ihr Gerüst abzubauen. Wie viel Uhr war es überhaupt? Klara fluchte vor sich hin und fingerte nach ihrer Brille auf dem Nachttisch. Das Lämpchen im Wecker leuchtete nicht mehr, demnach war die Batterie so schwach, dass sie auch keine Kraft mehr hatte für den Aufweckton. Die Nachttischlampe zeigte dann, dass der Wecker um halb sechs stehen geblieben war, der Sekundenzeiger aber weiter vorankroch.

Verschlafen! Aber es war doch stockfinster im Zimmer, kein Schimmer von Licht drang durch die Ritzen der Läden. Demnach musste es in der Tat noch sehr früh sein, denn gestern war es um die Aufstehzeit zumindest ein kleines bisschen hell gewesen.

Heiliger Bimbam! – Der Herr Pfarrer würde sich beschweren, weil sie versprochen hatte, ihn zu wecken, damit er wie immer den Handwerkern die Tür öffnen und sie begrüßen konnte. Bei der Gelegenheit holte er dann auch gleich die Tageszeitung aus der Rolle beim Zauntürchen.

Klara seufzte und stand auf, zog sich auf wackligen Beinen den gesteppten Morgenmantel über das Nachthemd und schlüpfte in ihre Puschen. Was sie als Erstes vorhatte, wusste sie selbst noch nicht. Alles erschien ihr seltsam, besonders die tiefe Dunkelheit im ganzen Haus.

Während sie die steile Holztreppe hinabstieg, vernahm sie einen Automotor vor dem Haus, der hörbar anzog und dann immer leiser wurde. Waren die Arbeiter jetzt beleidigt, dass man ihnen nicht geöffnet und sie einfach ignoriert hatte? War denn etwas vereinbart worden, von dem sie nichts wusste?

So langsam begannen sich ihre Sinne zu schärfen. Sie drehte den Schlüssel in der Innentür, wankte durch den kleinen Vorflur zur Haustür, schloss dort ebenfalls auf und zog den Sicherheitsriegel zurück. Vorsichtig klinkte sie die schwere Tür auf.

Sie hatte richtig vermutet, die Arbeiter waren wieder weggefahren.

„Wie spät ist es denn nun?“, fragte sie in die dunstige Dunkelheit hinaus, um wenigstens ihre eigene Stimme in der unwirklichen Situation zu hören. Nun, das würde sich gleich auf der Küchenuhr zeigen. Da sie aber schon mal hier draußen war, wollte sie wenigstens die Zeitung mit ins Haus nehmen.

Bereits hier, auf dem Treppen-Plateau, merkte sie, dass es gefroren hatte. Der granitfarbene Stein war spiegelglatt. Vermutlich hatten sich aus diesem Grund auch die Arbeiter wieder verzogen. Und trotzdem, so früh war viel zu früh und einfach unverschämt!

Im nächsten Moment glitt Klaras Fuß aus, und noch im Taumeln war sie dankbar für die dicken Gerüststangen zu beiden Seiten der Haustür.

Es ging alles so schnell, dass ihre Gedanken nicht folgen konnten, sie das gesamte Szenario dennoch Schritt für Schritt registrierte: Mit der rechten Hand umklammerte sie die kalte glatte Aluminiumstange. Diese gab nach und kam ein Stück auf sie zu. Gleichzeitig schoss eines der schweren Dielenbretter über ihren Kopf hinweg auf die andere Seite, prallte gegen die linke Gerüststange, die sogleich zur Seite abfiel, und schon folgte die nächste Diele, die Klara im Sturz schmerzhaft an der Schulter traf.

Ihr krächzender Hilferuf schien in ihren Ohren fast lautlos zu sein. Und doch verging kaum Zeit, bis sie hinter sich den erschreckten Ausruf und den Arm des Pfarrers wahrnahm, der ihren Rücken stütze, gleich darauf seine Hand, die ihre Hand fest umschloss und Klara in eine Sitzposition brachte. Langsam und unter Stöhnen zog van Kerkhof sie zurück in den Vorflur.

„Du meine Güte, was ist denn hier passiert? Klara! Was machen Sie denn schon um die Zeit hier draußen? Waren Sie etwa auf dem Gerüst?“, fragte er, als er sich langsam wieder aufrichtete.

„Herr Pfarrer ... ich dachte, die Handwerker ... so früh schon ... es war spiegelglatt ...“

„Pst, seien Sie besser ganz still, liebe Klara. Sagen Sie mir, wo es Ihnen wehtut und ob Sie noch alles bewegen können.“

Klaras kurze Beine unter dem etwas hochgerutschten Nachthemd beugten und streckten sich, dazu kreisten ihre nackten Füße unter ihren und den Augen des Pfarrers ohne jegliches Wehgeschrei. „Die Schulter“, keuchte Klara. „Was ist denn gerade geschehen? Ist unser Haus eingestürzt? Hatten wir ein Erdbeben?“

Sie erhielt keine Antwort. Der Pfarrer erklärte dafür nur kurz und bündig: „Wir rufen jetzt Kommissar Hartwichs!“

Die Polizei kam nach einer Stunde. Klara hatte darauf bestanden, sich vorher noch anzuziehen und ein wenig herzurichten.

„Das war ein Attentat“, jammerte sie ohne Unterlass und rieb sich sowohl ihre Schulter wie auch die rechte Kehrseite. „Da hat jemand in aller Frühe am Gerüst rumgeschraubt. Und ich dachte, der Wecker wäre stehen geblieben. Außerdem dachte ich, das wären die Arbeiter gewesen. – Aber vielleicht waren die es ja ... Hach, Herr Kommissar, jetzt sehen Sie mal zu, dass Sie das aufgeklärt bekommen! Und einen Polizeischutz für uns müssen Sie auch anordnen.“

Van Kerkhof wirkte beruhigend auf seine Haushälterin ein. „Jetzt vertrauen Sie einmal ganz unserer Polizei. Noch heute wird das Gerüst von Fachkundigen untersucht. Und Herr Hartwichs und ich ziehen uns jetzt in mein Büro zurück und besprechen das Nötige. – Ja, liebe Klara, ich werde auch den Pflasterstein erwähnen, keine Sorge, ich vergesse nichts.“

Zu Klaras Leidwesen wurde sie für das anstehende Gespräch nicht mit eingeplant. Dabei hätte sie dem Polizisten doch so viel zu berichten. Natürlich hatte sie das schon mehrmals durchblicken lassen, doch da ließ Kommissar Hartwichs, obwohl eine Art Freund des Hauses, nicht mit sich reden.

„Einer nach dem anderen, Frau Schrupp", lautete seine Anordnung.

Das letzte Wort brauchte Klara jedoch unbedingt, bevor die Männer im Arbeitszimmer des Pfarrers verschwanden. „Da der Herr Pfarrer das offenbar immer noch nicht angesprochen hat, sage ich es Ihnen jetzt: Es heißt Fräulein Schrupp. Nicht Frau Schrupp, Herr Kommissar. Ihr Titel ist Ihnen ja auch wichtig!", sprach Klara und hing mit dem Ohr schon an der Bürotür, bevor sie drinnen das Stühlerücken vernehmen konnte.

Gebeugt und mit der Faust fast im Mund hörte sie den Namen des inhaftierten Bestatters Rosenbaum fallen. Gut, dass sie den nicht in der ganzen schlimmen Sache vergaßen. Hartwichs hatte vor, ihn zu besuchen und zu befragen. Dazu auch seine Familie. Dass dessen Sohn solche abfälligen Bemerkungen über seinen Vater gemacht hatte, war ihr neu. Wie gut, dass sie das auf diese Weise auch erfuhr, der Pfarrer jedenfalls hatte es ihr verschwiegen!

Klara trippelte auf der Stelle. Sie musste sich zusammenreißen, um das Büro nicht zu stürmen. Immer wieder fielen dort drinnen Äußerungen, die förmlich nach ihrer Meinung schrien. Die Arbeiter von der Firma Zischler wollten sie zuerst befragen. Vor allem konnten die beurteilen, wie professionell die Manipulation war. Auch die Nachbarschaft sollte aufgesucht werden – vielleicht war jemandem in letzter Zeit etwas Verdächtiges ums Pfarrhaus herum aufgefallen.

Gleich darauf fiel ein Wort, das ein Zittern durch Klaras Körper schickte. Nein, da konnte sie sich nicht weiter im Hintergrund aufhalten.

Die zwei Männer fuhren zusammen, als die Bürotür so plötzlich aufsprang.

„Tut mir leid, dass ich die Herren stören muss, aber von welchem Drohbrief haben Sie da gerade gesprochen? Unter dem Scheibenwischer? Wo soll das gewesen sein? Sie wollen mir jetzt bitte nicht sagen, das sei der Strafzettel unterhalb der Limburger Altstadt gewesen, Herr Pfarrer! – Herr Pfarrer? Könnten Sie mir mal ins Gesicht sehen? Nein? Dann sag ich Ihnen jetzt, dass das der Mann von der Domplatte war. Aber von dem haben Sie dem Herrn Kommissar ja gerade schon erzählt, wie ich gehört ..."

„Meine Haushälterin ..., tut mir leid, Herr Hartwichs, ich muss mich für ihre stete Präsenz entschuldigen, auch wenn sie nur durchs Schlüsselloch stattgefunden hat."

Van Kerkhof schickte einen Blick zu Klara hinüber, der ihr konsequent befahl, sich schleunigst wieder zurückzuziehen.

„Ist ja schon gut. Selbst schuld, wenn Sie Ihre wichtigste Zeugin rausjagen. Noch dazu eine, die heute früh den Schock und den Schmerz auf sich genommen hat, der eigentlich für Sie bestimmt war, Herr Pfarrer." Klara wandte sich eingeschnappt der Tür zu, streckte aber den Kopf noch einmal ins Zimmer. „Und wen Sie unter den Verdächtigen auf keinen Fall vergessen sollten, ist unsere Frau Wischnewski! Ich könnte mir gut vorstellen, dass sie gestern wegen diesem Klemmi ..."

„Klaaaraa!", sagte der Pfarrer jetzt mit unbarmherziger Miene, sodass in Windeseile die Tür von außen geschlossen wurde. Das Letzte, was Klara noch aus dem Zimmer an Gesprächsfetzen nachwehte, war das Auflachen der Männer, nachdem van Kerkhof gesagt hatte: „Meine Sekretärin mit Schraubenziehern auf dem Gerüst gleich vor unseren Fenstern ... Und das bei Nacht und Dunkel ..."

„Bei Nacht und Nebel heißt das", murmelte Klara. „Aber wenn meine Hilfe hier nicht gewünscht wird, bitte sehr!"

Damit verschwand sie im Wohnzimmer, legte sich aufs Sofa und versuchte, tief und gleichmäßig durchzuatmen.

Natürlich saß der Schrecken vom frühen Morgen ihr immer noch in den Gliedern. Und dass bei diesem Sturz und dem Schlag gegen ihren Körper nicht noch mehr passiert war, grenzte schon an ein Wunder. So heftete sie ihren Blick an das kleine Kruzifix, denn dieses Wunder hatte schon ein inständiges Dankgebet verdient.

8.

Eine Woche später hatte sich die Aufregung im Pfarrhaus ein wenig gelegt. Nach recht ruhigen Tagen ohne Zwischenfälle erschien Kommissar Hartwichs erneut. Diesmal brachte er die bisherigen Untersuchungsergebnisse schriftlich mit.

Angeblich war das Gerüst sehr professionell manipuliert worden. Aber so, dass es weiter nicht hätte einstürzen können. Zwar bestand geringfügig die Gefahr eines folgenträchtigen Unfalles, doch in den Augen der Polizei war es mehr eine Art Warnschuss gewesen. Hätte nämlich jemand ernsthaft etwas anrichten wollen, wäre das durch ein paar weitere Eingriffe sehr leicht möglich gewesen.

„Ihre Anzeige gegen Unbekannt läuft, nur sind wir in Bezug auf Verdachtspersonen noch keinen Schritt weiter", fuhr Hartwichs fort, um dann auf das Gespräch mit dem Bestatter Rosenbaum überzuleiten. Dieser habe ihm, dem Kommissar, beteuert, er sei nach wie vor dem Pfarrer unendlich dankbar, dass der ihn mit solch enormem seelischem Kräfteaufwand vom Selbstmord abgehalten habe. Auch dessen Sohn habe jegliche Schuld von sich gewiesen, zudem habe er ein Alibi zumindest für die Nacht am Gerüst gehabt. Die Suche nach der Person von der Domplatte – Vollbart, dunkle Brille und schwarze Wollmütze – hatte bisher zu keinerlei Erfolg geführt. Niemandem sei ein Mann mit diesen Merkmalen aufgefallen.

„Na, dann können wir ja jetzt ungetrübt Plätzchen backen", vermeldete Klara, die sowohl ihrem Pfarrer als auch dem Kommissar immer noch verübelte, dass sie an dem wichtigen Gespräch neulich im Büro nicht hatte teilnehmen dürfen.

Als der Polizist jedoch eine lobende Bemerkung zu Klaras selbst gestricktem Pullover machte und sie unaufgefordert Fräulein Schrupp nannte, bedankte sie sich höflich und verschwand in der Küche, um ihre Keksdose ins Wohnzimmer zu holen und sie neben die Kaffeegedecke zu stellen.

„Die sind zwar gekauft, aber wenn Sie unsere Sache richtig aufklären, lade ich Sie zu original Schrupp-Gebäck ein. Und das schmeckt am besten, wenn es noch frisch ist.“

Das hatte der Kommissar sogleich begriffen, und er nickte. „Ich werde mich beeilen, wertes Fräulein Schrupp. – Was ich noch nicht vollständig unternommen habe, ist die Befragung der Nachbarschaft.“

„Das können wir doch jetzt machen“, schlug Klara vor. „Soweit ich gesehen habe, sind die meisten gerade daheim. Und zu der da drüben mit der neugierigen Nase wollte ich schon immer gern mal ins Haus und sehen, ob es da wirklich so aufgeräumt zugeht, wie sie ständig tut.“

Pfarrer van Kerkhof dämpfte Klaras Vorschlag mit einem gemächlichen Abwinken.

„Aber warum denn nicht, Herr Pfarrer?“, lenkte Hartwichs ein. „Ich habe Fragen, Sie haben Fragen. Gehen wir doch alle gemeinsam nach nebenan und gegenüber.“

Klara stand auf und schob sich erhobenen Hauptes am Sofaplatz des Pfarrers vorbei, um im Hausflur unverzüglich in Mantel und Fellstiefel zu steigen.

Sie gingen von Haus zu Haus, Klara übernahm bereitwillig die Befragungen, doch niemand wollte etwas bemerkt oder gesehen haben, das ihm verdächtig erschienen war.

„Fehlt uns noch die Klatschbase mit der Schnüffelnase! Zu schade“, sagte Klara plötzlich. „Ausgerechnet jetzt muss die neugierige Schnabbeltasche draußen an der Mülltonne stehen, und ich hätte so gerne dort angeklingelt und sie einmal unvorbereitet im Haus besucht!“

„Das wird sich irgendwann schon noch ergeben“, meinte Hartwichs, der schon stramm auf die Nachbarin gegenüber des Pfarrhauses zuschritt.

Van Kerkhof ahnte, dass der Kommissar dieses Tempo vorlegte, weil er selbst gerne als Erster seine Fragen stellen wollte und somit Klaras eventueller Einschüchterung zuvorkam.

„Das ist ja interessant, dass Sie mich so etwas fragen", sagte die hagere Frau mit den übergroßen Ohren, an denen für ihr Alter recht große Ohrringe baumelten. „Da war ein paar mal so ein schwarzer Wagen. Und hinten saß, also wie soll ich es ausdrücken, ein erschreckendes Wesen drin ... Also ich meine ..."

Klara schnitt der Nachbarin das Wort ab. „Lassen Sie es gut sein, ich weiß schon, was Sie da gesehen haben. Kommen Sie, Herr Hartwichs, hier gibt es nichts Neues zu erfahren."

„Das hat wohl mit dem schiefen Gerüst zu tun, was?", hörten sie die Nachbarin hinter sich herrufen. „Ich hab mir schon gedacht, dass bei Ihnen was nicht stimmt. Gerade deshalb fiel mir ja dieser Wagen ein, denn der hat bestimmt schon drei Mal ..."

Klara gebot der Frau mit erhobener Hand, zu schweigen, ging aber ungerührt weiter auf das Pfarrhaus zu. „Lassen Sie sich von der nicht durcheinander bringen, die sieht Gespenster, wo gar keine sind."

Van Kerkhof hatte diesem kurzen Austausch verblüfft zugehört. Dass der Kommissar sich daraufhin wie hypnotisiert hinter Klara her zurück ins Pfarrhaus begab, lag wieder einmal an der außergewöhnlichen Vehemenz seiner Haushälterin. Wenn Klara von etwas überzeugt war, konnte sie ganze Heerscharen beeinflussen.

Trotzdem: Da stimmte etwas nicht! Er beschloss, das Thema aufzugreifen, sobald sie beide wieder alleine im Pfarrhaus waren. Doch er scheiterte mit seinem Plan: Klara war nicht bereit, auf den erwähnten schwarzen Wagen einzugehen. Als handele es sich dabei um einen persönlichen Gegenstand, wehrte sie das Gespräch ab.

„Es gibt Dinge, die sollte man nicht hochspielen", erklärte Klara beinahe überheblich, „Dinge, die nur Spekulationen hervorrufen. Alles ganz anders, als man denkt. Und wenn ich sage, dass das schwarze Auto mit dem erschreckenden Wesen hinten drin nichts mit unseren Ermittlungen zu tun hat, dann ist das so!"

Genauso erstaunt war van Kerkhof, als Klara sich am Abend zum dritten Mal in dieser Woche in sein Büro begab, wo sie ungestört telefonieren wollte. Fast bereute er, dass er nicht auch einmal seiner Neugierde nachgegeben und das Ohr gegen die Tür gelegt hatte. Denn sie zeigte auch hierbei keine Bereitschaft, ihm eine Antwort auf sein vorsichtiges Nachfragen zu geben.

Stattdessen sagte sie nach diesem letzten Telefonat zu ihm: „Herr Pfarrer, ich brauche einen Termin bei Ihnen!"

Van Kerkhof stutzte. „Wie? Sie? Bei mir? Sie meinen, in meinem Arbeitszimmer? Einen Gesprächstermin?"

„Nein. Im Beichtstuhl. Vielleicht können wir das außerhalb der regulären Beichtstunde regeln?"

„Ja, wenn das so ist ... ich meine, gut, Klara, dann gehe ich eben kurz nach oben und ... mache mich ... fertig ..."

Auf Klaras überzeugtes Nicken hin stieg der Pfarrer die Treppe hinauf, um sich in seinen Talar zu kleiden. Denn eines war gewiss: Wenn Klara Schrupp um einen Beichttermin bat, würde das seine volle Berechtigung haben und musste ernst genommen werden.

Er saß im Beichtstuhl und wartete. Und überlegte. Klara brauchte Vergebung. Sie brauchte diese Beichte für ihre Seele. So richtig von katholischer Christin zu Priester. Vergebung ... Ihm fiel das Wort des Mannes von der Domplatte ein: *Vergeving.* Und er konnte nur hoffen, dass es hier keine Parallele zu seiner Haushälterin Klara gab.

Aber wie und wo sollte es die geben? Klara war doch seine treue Gefährtin, die Person, der am meisten an seinem Wohlergehen lag. Und dennoch war Klaras starker Wunsch nach einer Beichte äußerst seltsam, gerade jetzt, da er ganz offenbar in großer Gefahr schwebte.

Wusste sie vielleicht etwas, was sie vor ihm zurückgehalten hatte? Womöglich etwas Entscheidendes für die Ermittlungen? Ja, nur das und Ähnliches konnte er im Moment in Betracht ziehen. Aber er würde gleich mehr erfahren. Und er hoffte schon im Voraus, dass er seiner Haushälterin, was immer ihr auf der Seele lastete, reinen Gewissens die Absolution erteilen konnte.

Er hörte sie durch den Hintereingang der Sakristei die geschlossene Kirche betreten, die Tür, durch die auch er gekommen war, hörte, wie sie sich räusperte, mit tiefer, kehliger Stimme, so, wie sie es machte, wenn sie aufgeregt war und wusste, dass es um etwas Wichtiges ging.

Gleich darauf raschelte ihr Mantel vier Handbreit neben ihm. „Vergib mir, Vater, denn ich habe gesündigt."

Van Kerkhof fühlte sich ein wenig unwohl in dieser Position Klara gegenüber.

Sie hätte ihm doch auch persönlich am Küchentisch erzählen können, was sie bewegte. Doch jetzt waren sie hier, und er nahm sich vor, seine Haushälterin im Beichtstuhl so zu sehen wie jedes andere Gemeindeglied auch. Er spürte aber noch im selben Moment, dass ihm dies so ganz nun doch nicht gelingen würde, zumindest nicht auf dieselbe objektive Weise wie gewöhnlich. Hier war jemand hinter der Abtrennwand, der ihm mehrmals täglich am Tisch gegenübersaß.

„Was liegt Ihnen auf der Seele, liebe Klara? Sprechen Sie ganz unbedarft, unser Herrgott freut sich über das Vertrauen seiner Kinder."

„Ach, Herr Pfarrer, wenn Sie wüssten, wie ungerecht Ihre Haushälterin sein kann, wenn sie jemanden nicht mag."

Plötzlich ahnte der Pfarrer, worauf diese Beichte hinauslief, und er ermahnte sich abermals, Klaras Nöte nicht persönlich zu bewerten.

Hörbar sog sie den Atem ein, bevor sie sprach. „Da war doch diese stark geschminkte Frau in der Kirche. Ich fand sie so hässlich und so aufdringlich. Hat sich ganz vorn hingesetzt, damit der Herr Pfarrer sie auch ja im Blick hat. Und das hat mich so sehr geärgert, dass ich ihr draußen nachgegangen bin und ihr meine Meinung gesagt habe. Ich habe diese ... aufgetakelte Person regelrecht gehasst. Man soll niemanden hassen, das weiß ich ja. Und Hass fühlt sich widerlich an. Eigentlich ist in meinem Herzen gar kein Platz für solche Gefühle. Aber die waren da. Hach, Sie wissen das ja alles gar nicht."

Van Kerkhof nickte im Dunkeln vor sich hin und war gerührt von der Ehrlichkeit seiner Haushälterin. Doch dieser angebliche Hass allein konnte nicht der Grund sein, warum Klara ihm jetzt hier ihr Herz ausschüttete. „Sprechen Sie weiter, Klara, ich höre Ihnen zu."

„Ich habe ihr vor der Kirche gesagt, sie ... nun, sie solle ihre Maskerade für den Karneval aufheben und mit ihrem unzumutbaren Auftritt nicht die geistliche Atmosphäre in einer Kirche stören."

„Was hat die Frau Ihnen denn erwidert, Klara? Darf ich das erfahren?"

Ein Räuspern, ein Hüsteln. „Sie hat mir ins Gesicht gesagt, dass es enttäuschend sei, wie garstig sie von einer Pfarrhaushälterin behandelt würde. Und dass wir uns weiterhin sehen würden. Noch gebe sie nicht auf, hat sie gesagt, und dass sie gehofft habe, in einer Kirche sei jeder willkommen. Dann ist sie eingestiegen, hinten in den Wagen, der auf sie gewartet hat. Das war der schwarze Wagen, den unsere Nachbarin bei uns vorm Pfarrhaus gesehen hat, und in dem hinten ein erschreckendes Wesen gesessen haben soll. Ich wusste ja, wen sie damit gemeint hat. Nichts für Kommissar Hartwichs Ohren, Herr Pfarrer. Ein paarmal ist sie nämlich in der Woche darauf an unserem Haus vorbeigefahren. Auch am vorletzten Samstagmittag, als Matthias seine Entschuldigung für den Messdienst abgegeben hat und ich dachte, jetzt klingelt sie auch noch bei uns und will ... persönlich mit dem Herrn Pfarrer reden, na ja, ihm schöntun und persönlichen Kontakt suchen ... verstehen Sie? Mit einem katholischen Würdenträger!"

Van Kerkhof schwieg, wohl wissend, dass Klara fortfahren würde. Und nach ein paar Sekunden vernahm er ihre Stimme wie aus der Ferne. „Sie müssen wissen, ich war ... eifersüchtig. Weil ich dachte, sie wolle unserem Herrn Pfarrer gefallen. Und das wollte ich ihr nicht gönnen. Deshalb war ich in letzter Zeit auch oft so launisch, müssen Sie wissen. So bin ich ja normalerweise gar nicht. Sie kennen mich, ich bin ja eigentlich ein fröhlicher und gut gelaunter Mensch."

Solcherlei Selbstkritik war Klara hörbar schwergefallen. Und immer noch sagte van Kerkhof kein Wort zu alldem. Er ahnte, dass dies noch nicht alles war, und er hatte recht damit.

„Und dann", setzte Klara erneut an zu sprechen, „dann stand sie bei uns vor der Tür. Hat geklingelt. Ich war allein zu Hause. Zum Glück, denn wenn Sie gehört hätten, wie ich sie beleidigt und fortgeschickt habe ... Ach, Herr Pfarrer, mir tut das alles so leid ..."

Van Kerkhof auf der anderen Seite des Beichtstuhls straffte seine Schultern. Immer noch spürte er ein Ziehen in der Rippengegend, die man ihm auf der Domplatte geprellt hatte. „Sagen Sie es mir, Klara, wenn Sie so schwer daran tragen. Wir sind alle nur Menschen, und alle sind wir fehlbar."

Und jetzt sprudelte es über Klaras Lippen. „Sie ging einfach an mir vorbei ins Haus. Sagte: ‚Klara, erkennst du mich nicht? Nein, wie solltest du auch? Unter all der Schminke ... Wir haben uns ja seit der Schule nicht mehr gesehen. Ich habe dich gesucht. Dich, die fromme Klara, die nie etwas mit uns anderen unternommen hat, weil sie so züchtig und rein war. Aber außer dir ist mir in meiner Situation niemand eingefallen, der mir jetzt noch helfen könnte.' Genau so hat sie gesagt. Und dann klang sie ganz kurz so selbstgefällig wie damals, als sie sagte: ‚Ha, aber ich brauchte dich nicht großartig zu suchen, weil mir meine Canasta-Freundin einen Krankenbesuch abgestattet hat, das ist die Frau eures Gerüststellers, und sie erzählte mir von der miesen Stimmung im Unternehmen und auch, wo momentan gearbeitet wurde. Und ich sage dir gleich, Klara, dort ist man gar nicht gut auf deinen Herrn Pfarrer zu sprechen, weil der Sohn des Firmeninhabers angeblich, also der Hans ...'"

Wenn auch van Kerkhof einen schmerzhaften Stich in seinem Herzen verspürte, so sah er sich doch gezwungen, das plötzliche unkontrollierte Plappern seiner Haushälterin in Anbetracht des heiligen Ortes zu unterbrechen.

„Bitte, liebe Klara", flüsterte er, „lassen Sie uns bei Ihrem Hauptanliegen bleiben. Das andere können wir gern zu Hause noch einmal aufgreifen."

Er vernahm ein Schnaufen hinter der Trennwand, dann ein Zischen: „Wie Sie wünschen, Herr Pfarrer, wenn Ihnen unser Ruf so egal ist, bitte sehr! Aber kommen Sie mir damit nicht später noch mal an, dann habe ich nämlich den Faden verloren!" Klara wartete kurz ab, bevor sie gemäßigt weitersprach: „Also von mir aus zurück zu Hedelinde im Hausflur. Sie stand da und ließ ihren Mantel fallen. Das Kleid schlabberte um sie herum, darunter war sie nur Haut und Knochen. Danach streifte sie ihre Haare vom Kopf und zupfte ihre falschen Wimpern ab. Und da habe ich sie erst erkannt, an dem großen eiförmigen Muttermal auf der Stirn: die Hedelinde Karst. Unsere Klassenschönheit, immer für jeden Spaß zu haben. Und immer vergnügungssüchtig. Und nun stand sie also vor mir. ‚Ich habe nur noch wenig Zeit', hat sie gesagt. ‚Sehr wenig. Und es gibt niemanden, der für mich da ist. Keinen, der für mich betet. Ich selbst kann das nicht, habe nie einen Draht nach oben gehabt. Nur zwei reiche verstorbene Ehemänner. Und jetzt habe ich furchtbare Angst. Keinen Halt, keine Hoffnung auf irgendwas. Klara', fing sie dann an zu betteln, ‚erzähle du mir vom Leben nach dem Tod. Erzähl mir vom lieben Gott. Bete für mich, für ein sanftes Sterben. Oder zeig mir, wie man betet.'"

Klaras Stimme war immer leiser geworden, und van Kerkhof entnahm dem kläglichen Tonfall, dass seine Haushälterin weinte. „Wie armselig sie da stand, in unserem Flur, wie ein Häufchen Elend. ‚Das hier wird meine letzte Fahrt sein. Ich habe mich in ein Hospiz einweisen lassen‘, hat sie erzählt, ‚und wenn du mich jetzt fortschickst, gibt es nichts mehr, an das ich mich halten kann.‘“

„Und Sie haben sie ... fortgeschickt?“ Van Kerkhof hatte einen Kloß im Hals, und er hoffte inständig, dass seine Klara das Richtige getan hatte.

„Ich bitte Sie, Herr Pfarrer! – Huch, ich muss leiser sprechen, wir sind ja in der Kirche. Aber trotzdem, Herr Pfarrer, so schlecht bin ich ja auch wieder nicht! Ich habe Hedelinde mit hinauf in mein Zimmer genommen. Da hat sie sich auf mein Bett fallen lassen und geklagt und mit ihrem Schicksal gehadert und sich in einem fort bedauert. Keine Spur von Dankbarkeit für alles Schöne in ihrem Leben. Ich habe ihr erst mal einen Spruch vorgelesen, der unter meiner Glasplatte auf dem Nachttisch klemmt. Von diesem englischen Philosophen, den Mann werden Sie bestimmt nicht kennen, Herr Pfarrer, aber der hatte recht: *Nicht die Glücklichen sind dankbar – es sind die Dankbaren, die glücklich sind.* Das gefiel ihr und sie wollte mehr hören.“ Klara geriet in Wallung. „Da können Sie auch mal schmökern, Herr Pfarrer, da gibt es viel zu lesen und zu sehen! Auch ein Foto von uns beiden, unter der Marienstatue mit dem Jesuskind, vielleicht erinnern Sie sich ... Nach der Reihe habe ich Hedelinde meine ganze Nachttischplatte vorgelesen. *Bittet, dann wird euch gegeben. Suchet, dann werdet ihr finden. Klopfet an, dann wird euch aufgetan.* Besonders gefallen hat ihr: *Gott wird uns immer einen Neustart schenken, und sei es mit unserem letzten Atemzug.* Da wurde sie mit einem Mal ganz ruhig und wollte, dass ich etwas singe. Und ich hab gesungen. *Segne du Maria, segne mich, dein Kind, dass ich hier den Frieden, dort den Himmel find ...*“

Klara schniefte und van Kerkhof auf der anderen Seite war froh, dass sie seine Rührung nicht sehen konnte. Ihm erschlossen sich unzählige Momente, in denen seine Klara sich übernatürlich gestärkt und zuversichtlich gezeigt hatte. Gespeist von solchen Worten, hatte sie jeden ihrer Tage begonnen. Er wusste, wie wohl es einem Menschen erging, der sich den Versprechungen Gottes so nahefühlte. Und Klara Schrupp fühlte sich eigentümlich sicher in dem, was sie von sich gab und wie sie handelte. Vor allem ihre mentale Kraft bewunderte er täglich aufs Neue. Und er war sicher, dass Klara dieser Frau eine richtige kleine Messe gelesen hatte, konnte aber auch gut nachvollziehen, dass sie sich wegen der ablehnenden Haltung, die sie einer Kranken gegenüber gezeigt hatte, nun Vorwürfe machte.

„Sind Sie fertig mit dem Denken, Herr Pfarrer? Darf ich weitererzählen?“, wurde er von Klaras leiser, aber fordernder Stimme aufgerüttelt.

„Aber sicher, Klara. Fahren Sie fort. Die schwerkranke Hannelore ...“

„Hedelinde, Herr Pfarrer. Ja, also die lag auf meinem Bett, ohne Haare und Wimpern, ganz arm und zittrig, ich wollte gar nicht wissen, wie schlimm sie auch noch ohne ihre Schminke aussah. Und ich habe ihr erzählt, wie wohltuend der Glaube ist, wie wahr und unwiderleglich der Leidensweg Jesu. Und dass die gute Mutter Maria in der Stunde ihres Todes für sie bitten wird, und dass alle Krankheit von ihr abfallen wird, sobald sie die Welt hinter sich gelassen hat.“

Van Kerkhof konnte Klaras Beistand regelrecht im Innenohr hören. Sie hatte so gehandelt, wie er es von ihr erwartet hätte. „Und Sie haben sich dann voneinander verabschiedet?“

„Ja. Nach fast sechzig Jahren wiedergefunden und sofort für immer verabschiedet. Das heißt, nur körperlich. Denn dann haben wir noch drei Mal miteinander telefoniert. Sie kann das Bett jetzt nicht mehr verlassen und sie will jedes Mal hören, wie ich das Leben nach unserem Sterben sehe. Das tut ihr gut, sagt sie, das macht ihr Mut und gibt ihr Kraft. Aber sie will nicht besucht werden. Das kann ich gut verstehen. So ein armes, einsames Menschenkind ..."

Van Kerkhof hörte zu, wie Klara sich schnäuzte. „Und jetzt bitte ich Sie, Herr Pfarrer, vergeben Sie mir in Gottes Namen all die bösen und abfälligen Worte, die ich zu Beginn für die arme Hedelinde hatte. Sie hat mich gesucht und ich habe sie beschimpft und fortgejagt. Damit werde ich im Leben nicht mehr fertig. Es tut mir so leid und ich bereue es aus tiefstem Herzen. Und Sie hatten wahrhaftig in der letzten Zeit genug andere Sorgen, als sich meine Verfehlungen anzuhören. Aber heute musste ich das alles einmal loswerden, sonst wäre ich geplatzt."

Van Kerkhof atmete durch. Er lächelte vor sich hin. Seine Klara war ein wundervoller Mensch, und er konnte sich lebhaft vorstellen, mit welchen Vorwürfen sie sich herumgeplagt hatte.

„Herr Pfarrer? Sind Sie etwa eingeschlafen da drinnen?"

„Nein, liebe Klara. Ich will Ihnen etwas mit auf den Weg geben: Schon darin, dass der Mensch einsichtig ist und bereut, zeigt sich die Gnade Gottes, die ihm gerade durch seine Verfehlungen längst zuteil geworden ist. Und das Größte, was wir für einen anderen Menschen tun können, ist, dass wir für ihn beten. Ich bin stolz auf Sie, dass Sie mir das soeben alles so ehrlich erzählt haben. Und vor allem auf das, was Sie der kranken Frau durch Ihre seelische Begleitung gegeben haben."

„Na, das gehört hier aber nicht hin, in den Beichtstuhl. Sie haben hier nicht stolz zu sein, Herr Pfarrer. Aber trotzdem danke. Jetzt geht's mir besser." Etwas leiser fügte sie hinzu: „Und gleich gibt es Pellkartoffeln und Heringe. Und den Attentäter fassen wir auch noch."

Die Beichte schien Klara in der Tat gutgetan zu haben, denn im Handumdrehen war sie wieder ganz die alte. Schon hörte er ihre kurzen Schritte am Hinterausgang, dann schnappte das Schloss der Tür des Anbaus zu.

9.

Die Stimmung im Pfarrhaus war nach diesem Beichtgespräch weder verhalten noch peinlich. Vielmehr zeigte Klara Symptome von Stress, als die Woche sich dem Ende zuneigte. „Morgen ist der erste Advent und noch nichts ist gerichtet!“, schimpfte sie vor sich hin, während sie das Frühstücksgeschirr abspülte und van Kerkhof unterdessen mit dem Rücken zu ihr seelenruhig die Tageszeitung las.

„Und Sie sitzen da, als hätten Sie Ihren Predigttext längst geschrieben und wären hier auf Urlaub!“

„Gibt es für mich denn etwas zu tun, Klara?“, fragte van Kerkhof freundlich. Er war erleichtert, dass sich bisher kein weiterer besorgniserregender Vorfall mehr ereignet hatte.

„Na, die Lichterketten für die Fenster liegen noch oben in der Rumpelkammer und Plätzchen sind auch noch keine gebacken.“

„Ah ja, dann fange ich mal mit dem Backen an“, sagte der Pfarrer frohgemut, wohl wissend, was darauf folgen würde.

„Papperlapapp! Holen Sie Nägel und den Hammer aus dem Anbau und bringen Sie auch gleich die kleine Stehleiter mit. Zum Glück haben wir alles fürs Wochenende eingekauft.“

Es wurde ein ausgefüllter Sonnabend, an dessen Nachmittag van Kerkhof zum Kaffee die ersten Weihnachtsplätzchen kosten durfte – für ihn einer der Höhepunkte des Jahres. Und nachdem er Klara ausführlich für ihre Backkünste gelobt hatte, genoss er es, ihr seine Überraschung kundzutun.

„Wenn Sie dann fertig sind, liebe Klara, würde ich gerne mit Ihnen nach Limburg reinfahren.“

Klaras Augen weiteten sich. „Oh! Oh! Sie meinen, wir spazieren durch die illiminierte Innenstadt?“

Van Kerkhof lachte. „Ausnahmsweise darf jetzt ich Sie einmal korrigieren: Das heißt illuminiert.“

Was Klara normalerweise als kleine Kritik empfunden hätte, war ihr in Anbetracht der Vorfreude an dieser Stelle völlig egal. „Ja, von mir aus auch illuminiert. Aber Ihre Predigt für morgen, Herr Pfarrer?"

„Die habe ich gestern und vorgestern schon geschrieben, als Sie so früh schlafen gegangen sind."

Klara rieb ihre Hände an der Schürze ab und strahlte wie ein Kind. „Nein, was für eine Überraschung! Wenn ich an letztes Jahr denke, an den Christkindlmarkt ... Hach, war das schön. Und der ist etwa auch schon aufgebaut?"

„Deshalb will ich ja mit Ihnen in die Stadt, Klara. Dann lassen Sie uns aufbrechen. Hopp, hopp!", ahmte er Klaras üblichen Kommandoton nach, und entgegen ihrer Natur lachte Klara auch darüber.

Es war nicht einfach, einen Parkplatz zu finden. Van Kerkhof hatte vorgebeugt und die private Hauseinfahrt eines Kollegen eingeplant, in der sie jetzt aus ihrem Kastenwagen stiegen.

„Wie wundervoll, Sie kennen sich ja aus", wurde er von Klara gelobt, die froh war, nicht so weit laufen zu müssen. Doch plötzlich machten ihr die vielen fremden Menschen Angst. „In dem Gewimmel ... Herr Pfarrer, sollen wir nicht besser heimfahren? Hier kann sich ein Attentäter doch gut verstecken." Sie wurde ganz klein, zog den Kopf in den Mantelkragen und begann zu zittern.

Doch auch das hatte van Kerkhof vorausgesehen. „Ich habe uns einen Beschützer bestellt, Klara, lassen Sie uns zum Alten Markt gehen. Sie werden sehen, es passiert uns nichts."

Und in der Altstadt, gleich in der ersten Gasse, jubelte Klara auf. „Nein, der Junge ist ja hier!" Vor Rührung über den Anblick des Gemeindehelfers Siggi, dessen unzählige Zöpfe über den Fellkragen seines Parkas hingen, kamen Klara die Tränen. Sie ließ es sogar zu, dass Siggi sie bei sich unterhakte und sie über die Pflastersteine durch das vorweihnachtliche Treiben bis zum Neumarkt führte. Dabei versuchte Klara mit funkelnden Augen alles zu erfassen, was um sie herum vorging. Die vielen kleinen dekorierten Holzbuden wanderte sie alle eine nach der anderen ab und kaufte einen Miniatur-Porzellanengel. „Den hängen wir in den Christbaum, Herr Pfarrer, und wenn wir ihn dann betrachten, freuen wir uns, dass wir noch beide leben."

„So sei es, meine Gute", antwortete van Kerkhof mit einem Zwinkern in Siggis Richtung.

„Am besten gefallen hat mir wieder der große Lichterbogen", schwärmte Klara auf der Heimfahrt. – Wir müssen unseren Bogen auch noch ins Fenster stellen, den haben wir ganz vergessen. Sie können ihn gleich aus der Schachtel in der Kammer holen. Vielleicht stellen wir ihn in diesem Jahr mal ins Küchenfenster. Was meinen Sie, Herr Pfarrer?"

Seine Haushälterin war komplett aus dem Häuschen, und van Kerkhof war froh, ihr diesen entspannten und doch ereignisreichen Abend ermöglicht zu haben.

„Auch das, liebe Klara. Ich freue mich, dass es Ihnen gefallen hat. Sie werden sehen, es wird alles gut werden."

„Nur unser Polizeischutz hat sich noch nicht blicken lassen", beschwerte sich Klara, die jeden Tag aus dem Fenster geschaut hatte, um vielleicht einen Streifenwagen zu entdecken. Letztlich hatte sie sich jedoch mit van Kerkhofs Erklärung zufrieden gegeben, heutzutage arbeite man nicht nur mit verdeckten Ermittlungen, sondern auch mit verstecktem Schutz.

„Wenn Sie selbst davon überzeugt sind", hatte Klara erwidert, „dann will ich das mal glauben. Es geht hier schließlich um Ihr Leben."

Das kleine Pfarrhaus duftete nach Weihnachtsplätzchen, und Klara in ihrer Euphorie schickte den Pfarrer sogleich nach oben, damit er aus der Kammer den Lichterbogen herunterholte.

„Ja, das ist er. Der *Schwibbogen* vom Christkindlmarkt in klein, nicht wahr? Stellen Sie ihn in der Küche auf die Fensterbank, dann sorgt er dort schon gleich morgens für Gemütlichkeit", ordnete Klara an.

„Eine gute Idee, Klara. Aber lassen Sie mich vorher wenigstens noch den Mantel ausziehen."

„Ach bitte, wo Sie schon mal dort sind, Herr Pfarrer, tun Sie's vorher, und prüfen Sie, ob die Schnur bis zur Steckdose reicht."

Ohne Widerworte entrollte van Kerkhof das Kabel und war zufrieden, dass er so spät nicht noch einmal in seinem Geräteschuppen nach einer Verlängerungsschnur suchen musste.

„Achtung, liebe Klara, fertig, und los!" Damit drückte er auf den Schalter am Kabel, der Bogen erstrahlte in all seiner Schönheit – und dann gab es einen lauten Knall! Zugleich zersprang an der Küchenwand gegenüber eine antike Vase auf dem Sims über dem Sideboard, gleich neben den *Betenden Händen*.

Im nächsten Augenblick ließ sich Klara auf den Boden fallen. „Runter mit Ihnen, das war ein Schuss! Direkt über Ihrem Kopf! Da, ein Loch im Fenster ... Kein Pflasterstein!" Klara keuchte und fasste sich an die Herzgegend.

„*Wat was dat, verdomme*?", rief van Kerkhof aufgeregt. Kreidebleich stand er noch immer am Fenster und betrachtete fassungslos die Scheibe in Kopfhöhe, in der sich wahrhaftig ein Durchschussloch befand, umgeben von gerissenem Glas. Erneut knallte es in der Pfarrhausküche – und diesmal barst die Scheibe.

„Runter, hab ich gesagt! Oder Rollladen zu! Herr Pfarrer, so machen Sie doch mal!" Aus Klaras Stimme war trotz des Schreiens sämtliche Kraft gewichen. Doch jetzt reagierte der Pfarrer. Er trat zur Seite, packte das Gurtband und ließ den Rollladen hinunterschnellen. Dann eilte er zu Klara, überzeugte sich, dass auch sie unversehrt war und half ihr auf die Beine.

„Kommen Sie mit mir, hier im Haus sind wir nicht mehr sicher", stieß er aus. Klara bekreuzigte sich und lief ihm nach ins Wohnzimmer.

„Da raus", sagte er und öffnete die Terrassentür. Sie standen im Garten, ein schwaches Licht fiel auf das nasse Gras. „In meinen Anbau!"

Van Kerkhof wollte davoneilen, als Klara in seinem Rücken zischte: „Das geht nicht. Der Schlüssel liegt nicht an seinem Platz.“

„Warum nicht?“ Er drehte sich nach ihr um und starrte sie an.

„Ich habe ihn im Haus versteckt. Bevor wir zum Weihnachtsmarkt gefahren sind. Wegen Frau Wischnewski ...“

„Oh Klara ...“, seufzte der Pfarrer, dachte aber blitzschnell nach und raunte ihr zu: „Dann in die Laube!“

Der Trampelpfad bis zur Laube im verwilderten Garten des Kirchengrundstückes ließ beide in der Finsternis mehr stolpern als laufen. Dann kam endlich das Gartentor, es ging durch kahles Gestrüpp, vorbei an den großen Wasserfässern, schließlich die Tür der kleine Hütte, in der Klara und der Pfarrer im Frühjahr noch den zu Unrecht verdächtigten Siggi und seinen Sohn Julian versteckt hatten.

Sowohl Klara als auch der Pfarrer waren außer Atem, als sie jetzt die knarrende Tür hinter sich zuzogen. Soweit sie es beurteilen konnten, hatten sie keinerlei Geräusche eines Verfolgers vernommen. Nun standen sie im Dunkeln und keuchten sich an.

Es roch muffig und feucht. Van Kerkhof wusste, dass seiner Klara schauderte bei dem Gedanken an die Ratten und Mäuse, die sich hier mit Sicherheit in der kalten Jahreszeit sehr wohl fühlten.

„Und was jetzt?“, fragte er.

„Erst mal überlegen Sie sich, ob es sich für einen Pfarrer gehört, zu fluchen!“

„Ich habe nicht geflucht!“

„Sie haben geflucht! Sie haben ‚gottverdammt‘ gesagt! Auch wenn es auf Holländisch war, ich habe es genau verstanden!“

„Ich habe vielleicht *‚verdomme‘* gesagt, aber nicht *‚godverdomme‘*!“, wehrte sich van Kerkhof. „Und das ist ein Unterschied!“

„Ich habe es genau gehört!“

„Und ich habe jetzt wirklich keine Lust, mit Ihnen zu streiten, Klara! Es gibt im Moment nun wirklich Wichtigeres, zum Beispiel: Wie lange sollen wir uns jetzt hier verstecken?“ Van Kerkhof zählte auf den wachen Verstand seiner Haushälterin. Und besonders, wenn er ihr die Fäden in die Hand gab, funktionierte Klara hervorragend.

„Sehen Sie, wie gut es war, dass Sie den Mantel anbehalten haben?“, musste Klara noch loswerden, bevor sie ein paar Sekunden später ihre Lösung präsentierte: „Wenn uns're beiden Jungs es hier aushalten konnten, können Sie das auch.“

Schon war sie draußen und drehte den rostigen Schlüssel zwei Mal im Schloss. Dann lief sie um die Laube herum und überzeugte sich im Dunkeln, dass die Schnappköpfe fest vor den Fensterläden saßen. Noch einmal legte sie den Kopf gegen das Holz, flüsterte: „Tut mir leid, Herr Pfarrer, aber totschießen lasse ich Sie nicht!“ Dann hörte van Kerkhof nur noch kurz das Rascheln des Gestrüpps und gleich darauf das quietschende Gartentor.

Darauf, zu klopfen und zu rufen und sich zu beschweren, verzichtete er. Erstens kannte er seine Klara und zweitens schwebte er in der Tat in Lebensgefahr. Er konnte jetzt nur hoffen und beten, dass sie das Richtige tat und nicht selbst zum Opfer wurde. Und vor allem, dass sie ihn sobald wie möglich wieder aus diesem stinkenden kalten Häuschen befreite.

10.

Klara rutschte aufgeregt in der Bank hin und her. Wen würden sie ihnen da geschickt haben? Kurz entschlossen hatte sie gestern Abend, nachdem sie ins Pfarrhaus zurückgekehrt war, die nächstbeste Nummer in van Kerkhofs Register des Pfarrgemeinderats angewählt und bündig durchgegeben, dass für diesen Adventssonntag eine Vertretung für ihn benötigt wurde. Auf die Frage nach dem Grund hatte sie geantwortet, das solle man den Herrn Pfarrer später selbst fragen, wenn er wieder da sei.

Sie sah sich in der Kirche um: Meistens waren es bekannte Gesichter und viele der Leute waren schon in ihrem Alter. Für einen Sonntagsgottesdienst war die Kirche viel zu leer. Wenn sie nur dreißig Jahre zurückdachte, da hatte es hier noch ganz anders ausgesehen. Sie wagte kaum, sich auszurechnen, wie viele Leute noch in der Kirche sein würden, wenn weitere dreißig Jahre vergangen sein würden. Aber das sollte ihr Problem nicht mehr sein. Sie würde dann längst unter der Erde liegen, und schon jetzt hörte sie, wie die Leute dann klagten: „Damals, zu Zeiten von Fräulein Schrupp, da war die Welt noch in Ordnung. Wie sehr hat sie sich um alles gekümmert! Eine wie sie ist später nie mehr gekommen."

Klara wischte sich über die Augen vor Rührung. Ja, dann würden sie alle mal sehen, was sie an ihr gehabt hatten!

In diesem Moment läuteten die Glöckchen bei der Sakristei und einen Moment später sah sie, wer heute für Pfarrer van Kerkhof eingesprungen war. Ausgerechnet der! Dieser Pfarrer, der so schwarz war wie die Nacht und dessen Namen sie nicht einmal aussprechen konnte! Er kam irgendwoher aus Afrika, war noch ein junges Bürschchen, höchstens 45, schätzte sie, aber das Schlimmste war seine Aussprache: Sie verstand den jungen Mann einfach nicht. Jedes Wort klang wie auswendig gelernt, so schwer tat er sich mit der deutschen Sprache, und das, obwohl er doch schon einige Jahre in Deutschland war.

Und so schwarz, wie dieser Pfarrer war, so rot war heute der Messdiener Matthias. Wahrscheinlich war er wieder auf den letzten Drücker angekommen, weil er daheim erst noch seine Pflichten zu erfüllen hatte. Da musste mal ein ernstes Wort gewechselt werden!

Nach dem Einzugslied zeigten die ersten Worte des Pfarrers, dass er nichts dazugelernt hatte, seitdem sie ihn das letzte Mal gehört hatte. In Gedanken äffte Klara ihn nach, wie er mühsam die Kirchengemeinde begrüßte, und als er dann nicht einmal verständlich die Namen derer über die Lippen brachte, für die die heutige Messe gelesen wurde, da hoffte sie, dass jetzt einer der Angehörigen aufstehen und sich lautstark beschweren würde. Natürlich blieben alle sitzen und kein Mensch sagte ein Wort.

Wie sehr wünschte sie sich jetzt ihren Pfarrer herbei! Sein Deutsch war zwar auch noch lange nicht erste Sahne, aber mit diesem kleinen Pater konnte er es doch noch dreimal aufnehmen. Nur leider konnte van Kerkhof heute nicht da sein. Mit gemischten Gefühlen stellte sie sich vor, wie der Pfarrer jetzt verzweifelt in der Laube hockte und nach einem Fluchtweg suchte. Aber es gab keinen, denn sie hatte den Schlüssel zweimal umgedreht und auch die Läden waren fest verriegelt. Und rufen konnte er da, so oft und laut er wollte: Das Gartenhaus lag zwar nahe beim Pfarrhaus, aber hinter dem Kindergarten, sozusagen weit ab vom Schuss, weil der am Wochenende geschlossen hatte. Nein, da würde ihn niemand hören!

Klara war froh, als wieder ein Lied kam und sie dabei das gebrochene Deutsch des Paters nicht ertragen musste. Bei der Lesung hörte sie schon gar nicht hin, nur beim Evangelium musste sie das zwangsläufig tun, weil man da aufstehen musste und sich dabei die Ohren aus irgendeinem Grund nicht so gut auf Durchzug stellen ließen, wie sie merkte. Was dieser

Pater aber immerhin bei Klara bewirkte: Er lenkte sie ab von den in ihrem Innenohr noch immer nachhallenden Schüssen.

„Weg mit diesen Gedanken", sagte sich Klara im Stillen, „reg dich lieber über diesen Pater da vorn auf!"

Verse aus dem Markus-Evangelium waren dran an diesem ersten Adventssonntag, die der Junge fürchterlich verhunzte. „Was ich aber euch sage, das sage ich allen: Seid wachsam!" – Mit diesen Worten hörte der kurze Text zum Glück auf.

„Du hättest selbst mal besser wachsam sein sollen, als du Deutsch gelernt hast", dachte sie sich, wobei sie natürlich ihr andächtigstes Gesicht zeigte. Als der Mann danach seine Predigt stammelte, rief sie sich zum Trotz die Worte des Markus-Evangeliums in Erinnerung, die sie natürlich auswendig konnte: „Seht euch also vor und bleibt wach! Denn ihr wisst nicht, wann die Zeit da ist. Es ist wie mit einem Mann, der sein Haus verließ, um auf Reisen zu gehen: Er übertrug alle Verantwortung seinen Dienern, jedem eine bestimmte Aufgabe; dem Türhüter befahl er, wachsam zu sein. Seid also wachsam! Denn ihr wisst nicht, wann der Hausherr kommt, ob am Abend oder um Mitternacht, ob beim Hahnenschrei oder erst am Morgen. Er soll euch, wenn er plötzlich kommt, nicht schlafend antreffen. Was ich aber euch sage, das sage ich allen: Seid wachsam!"

Im Grunde passten die Sätze so schön, wenn man sie einmal in Ruhe wirken ließ.

Ja, es war viel passiert in der letzten Zeit, da war Wachsamkeit äußerst wichtig. Und sie, Klara Schrupp, würde jetzt noch wachsamer sein als sonst, damit ihrem Pfarrer nur ja nichts passierte. Gut gemacht hatte sie das, als sie ihn in die Laube gesperrt hatte! Natürlich würde er eine schlaflose Nacht hinter sich haben, so, wie sie auch. Denn obwohl sie im Gegensatz zu ihm ein Bett zur Verfügung gehabt hatte, war es auch ihr unmöglich gewesen, sich zu entspannen. Immerhin musste sie damit rechnen, dass das Pfarrhaus weiterhin Ziel eines Attentats war. Ja, sie hatte gewacht. Mit gewiss fünf Tassen schwarzem Kaffee. Eine Sünde, die aber in Anbetracht der Umstände schon ihre Berechtigung hatte.

Endlich war die Predigt zu Ende, und es erfüllte sie fast mit einem gewissen Stolz, dass sie ihr die Aufmerksamkeit komplett verweigert hatte. Es ging also, dass man völlig abschaltete, wenn man das nur wollte! Vor allem, wenn man wirklich abgelenkt war. Und wenn dieser Kelch nun schon gut an ihr vorbeigegangen war, dann würde sie auch den Rest der Messe noch ertragen.

Entgegen ihrer Gewohnheit sah Klara immer wieder auf ihre kleine Armbanduhr: Wenigstens lag der Pater gut in der Zeit, denn sie musste doch so bald wie möglich in den Garten, um nach ihrem Pfarrer zu sehen ...

Plötzlich wurde ihr heiß und kalt zugleich: Wenn nun derjenige, der ihrem Pfarrer ans Leder wollte, ihn in der Laube aufspürte? Da konnte er sich nicht einmal wehren, und so ungeschickt, wie van Kerkhof war, würde er sich beim Versuch einer Flucht am Ende noch selbst umbringen. Der kleine Pater da vorn sollte jetzt mal hinmachen! Erleichtert ließ sich Klara auf die Knie sinken, als endlich die Wandlung begann. Nun würde es nicht mehr lange dauern. Sie überlegte, wie oft sie noch aufstehen und niederknien musste, bis es endlich zur Kommunion ging. Einen Vorteil hatten die wenigen Leute: Das Austeilen der Hostien würde schnell gehen.

Klara kam mit ihren Gedanken nicht los von Pfarrer van Kerkhof, der vielleicht gerade in diesem Moment überfallen wurde. Vor ihrem inneren Auge sah sie eine dunkle Gestalt, die eine Pistole auf ihn richtete, und sie sah, wie der Pfarrer ihm diese zwar entwand, aber tapsig wie er war, stolperte, und sich selbst eine Kugel in die Brust schoss. Zu dumm, dass er seit zwei Tagen sein Korsett nicht mehr trug. Das würde vielleicht eine Munitionskugel ein wenig abfedern ... Nein, es war unverantwortlich von ihr gewesen, diesen Tölpel alleine im

Gartenhaus zu lassen, und sie betete zu Gott, dass der letzte Teil des Gottesdienstes so schnell wie möglich vorüberging.

Jetzt war es bald geschafft: Der Pater nahm die Hostie zu sich, hob dann den Kelch und trank einen Schluck daraus. Jetzt nichts wie zur Kommunionbank, Segen und fertig! Ungeduldig sah Klara auf den farbigen Mann im weißen Messgewand, der in seinem Mund bedächtig den Wein nach allen Seiten spülte und ihn dann hinunterschluckte.

Doch dann geschah etwas, das sie ihr ganzes Leben lang nicht vergessen würde: Der Pater riss die Augen groß auf, rang nach Luft, schien etwas sagen zu wollen, brachte aber nur ein Röcheln hervor und sackte in sich zusammen. Nicht schnell, sondern langsam, fast würdevoll ging er zu Boden, und es war Klara, die als Erste schon zu einem Aufschrei fähig war, während alle anderen noch wie gelähmt in ihren Bänken knieten.

Dann ging alles ganz schnell: Der alte Küster stürzte in den Altarraum und kniete neben dem zusammengebrochenen Mann. „Einen Arzt, schnell, einen Arzt!“

Klara hatte eine andere Idee und rief mit lauter Stimme ins Gotteshaus: „Ist hier in der Kirche vielleicht ein Arzt?“

Tatsächlich sprang eine junge Frau aus einer der ersten Reihen, die nach wenigen Schritten am Ort des Geschehens war.

Klara bahnte sich unterdessen den Weg aus der Bank und setzte dabei auch kräftig die Ellenbogen ein. Wenn, dann hatte doch wohl sie etwas da vorne am Altar verloren!

So rasch, wie ihre alten Beine sie trugen, war sie dann auch an Ort und Stelle. Gleich sah sie, wie ernst die Sache war, denn die Ärztin machte nur einige wenige Herzdruckmassagen, bis sie von dem Mann abließ. Die Frau schüttelte den Kopf und Klara verstand: Der Pater war tot. Klara bekreuzigte sich unwillkürlich.

„Da ist nichts mehr zu machen“, sagte die Ärztin, stand auf und zeigte auf den Toten. Auch Klara sah jetzt den weißen

Schaum, der aus seinem Mund lief. Erst dann fiel ihr Blick auf die weit aufgerissenen Augen des Paters. In diesem Augenblick wurde sie von ihren Gefühlen fast überwältigt: Was hatte sie eben noch für böse Gedanken ihm gegenüber gehabt, und jetzt lag er da und war mausetot! Das hätte sie ihm doch niemals gewünscht.

Klara kniete wortlos bei dem Mann nieder und streichelte seine Wange. „Was machen Sie denn für Sachen!“, stammelte sie und wieder: „Was machst du denn für Sachen, mein Jüngelchen!“

„Es ist besser, Sie fassen ihn nicht an“, hörte sie die Ärztin hinter sich sagen. „Das hier ist eindeutig ein Fall für die Polizei!“

Klara verstand und wehrte die Arme ab, die ihr hochhelfen wollten: „Das kann ich alleine!“ Wie im Delirium hörte sie eine Stimme sagen: „Liebe Gottesdienstbesucher, es ist etwas Furchtbares geschehen. Pater Azikiwe ist tot. Vermutlich ist er einem Mordanschlag zum Opfer gefallen. Bitte bleiben Sie alle in der Kirche, bis die Polizei da ist!“ Es war der Küster, der sich an die Leute gewandt hatte.

Klara hörte nur ein Raunen, dann einen leisen Schrei. Doch war sie nicht in der Lage, sich zu den Menschen umzudrehen, denn ihre Augen kamen einfach nicht los vom Gesicht des toten Paters. „Nun machen Sie ihm doch wenigstens die Augen zu!“, fauchte sie die Ärztin an, obwohl sie eigentlich einen angemessenen Ton anschlagen wollte.

„Bitte, wir sollten damit warten, bis die Polizei da ist“, kam prompt die entschlossene Antwort, und Klara musste schweren Herzens einsehen, dass die junge Frau wohl recht hatte.

Die Minuten, die sie auf das Eintreffen der Kripo warteten, schienen Klara wie eine Ewigkeit. Immer wieder ging ihr durch den Kopf, was sie während der Messe über den afrikanischen Pater gedacht hatte. Das schlechte Gewissen wollte sie übermannen, und ihre Selbstvorwürfe hörten nicht auf! Was war sie doch für ein böser Mensch! Ob der Herrgott jemals ein Einsehen mit ihr haben würde? Klara nahm sich in diesen Augenblicken fest vor, sich zu ändern! Als Erstes würde sie bald wieder eine umfangreiche Beichte ablegen, wobei ihr schon im selben Moment klar war, dass sie das diesmal natürlich nicht bei Pfarrer van Kerkhof tun würde.

Pfarrer van Kerkhof! Wie ein Blitz durchfuhr es sie! Der saß ja immer noch in seinem Gartenhaus – sie musste unbedingt zu ihm. Erst dann kam ihr die Erkenntnis, die ihr der Schock bisher verwehrt hatte: Er, ihr Pfarrer, sollte jetzt eigentlich tot daliegen, und nicht dieser arme Pater aus Afrika! Es konnte nur, es musste so sein! Die Anschläge in der letzten Zeit, sie hatten alle ihm gegolten, und mit diesem hier hatte der große Unbekannte endlich sein Ziel erreichen wollen.

Aber sie hatte gar keinen Knall gehört ... Solche Schüsse wie gestern in ihrer Küche hätten doch die ganze Kirche erschüttert. Und einen Würger oder Messerstecher hatte man auch nicht dort vorn gesehen ... Ein Mordanschlag, hatte der Küster gesagt.

Klara schüttelte sich. Wenn dies so war, dann war der arme Pater rein zufällig das Opfer, und wer war schuld an seinem Tod? Doch nur diejenige, die den Pfarrer in die Laube gesperrt und eine Vertretung angefordert hatte!

Sie, Klara, hatte in Wirklichkeit den Toten auf dem Gewissen, denn – da war sie sich jetzt ganz sicher – der Anschlag konnte nur Pfarrer van Kerkhof gegolten haben.

Das erste Mal in ihrem Leben kam Klara der Gedanke, von eigener Hand aus dem Leben zu scheiden. Sie würde in die Lahn gehen, denn so jemand wie sie hatte auf dieser Welt nichts verloren! Die Einsicht nahm ihr die Luft und ihr wurde schwindelig.

„Ist Ihnen nicht gut? Sie sind kreidebleich?“ Die Ärztin hatte bemerkt, wie schlecht es ihr ging. Ohne dass Klara sich wehren konnte, führte die junge Frau sie zum Rand des Altarraums.

„Aber ich setz' mich nicht auf den Priesterplatz", war das Einzige, was Klara noch hervorbringen konnte, woraufhin die Ärztin ihr den Gefallen tat und sie auf einem Sitz daneben platzierte.

„Geht es wieder?", fragte die junge Frau, und Klara nickte nur stumm und atmete tief durch. Das Sitzen tat ihr wirklich gut und sie war allmählich wieder in der Lage, halbwegs klare Gedanken zu fassen.

Wenn sie nun den Pater nicht gerufen hätte, dann würde doch Pfarrer van Kerkhof die Messe gehalten haben und dann ... Sie durfte gar nicht daran denken, wenn er jetzt da vorne liegen würde. Und dass er das nicht tat, hatte er nur ihr zu verdanken! Hob sich damit ihre Schuld nicht wieder auf – zumindest ein wenig? Jedenfalls wollte sie den Gedanken an die Lahn vorerst verwerfen! In dieser Situation galt es, einen kühlen Kopf zu bewahren, und sie wurde auf dieser Welt noch gebraucht.

11.

Das Eintreffen der Polizei beendete ihre Überlegungen. Kommissar Hartwichs eilte allen voran in das Gotteshaus, sah sich beim Altar kurz den Toten an und wandte sich dann an die Umstehenden. „Ich bin zwar kein Arzt, aber ich gehe davon aus, dass der Mann vergiftet wurde. Der Schaum vor dem Mund und die verkrampften Gesichtszüge scheinen mir untrügliche Zeichen dafür zu sein."

„Das sehe ich auch so", meldete sich jetzt die Ärztin zu Wort.

„Frau Dr. Hamann, jetzt weiß ich, wer Sie sind!", freute sich Hartwichs. „Sie hat man doch gerufen, als unser Nachbarjunge vom Baum gefallen ist!"

„Das kann gut möglich sein", antwortete die junge Frau ausweichend.

„Sie sind damals so behutsam mit dem Jungen umgegangen ..."

„Haben wir jetzt nicht Wichtigeres zu tun, als alte Erinnerungen auszutauschen?", mischte Klara sich ein. „Schließlich liegt hier ein Toter! Und der ist von keinem Baum gefallen."

„Ein Toter, der ganz offensichtlich ermordet wurde." Hartwichs rieb sich nachdenklich das Kinn.

„Ich gehe davon aus, dass der Messwein vergiftet wurde", schaltete sich Frau Dr. Hamann ein. „Nachdem der Pater davon getrunken hatte, brach er zusammen."

„Den heiligen Messwein vergiften! Wer tut denn so was?!" Klara war entsetzt. Trotzdem sah sie ein, dass die Ärztin Recht haben musste.

„Es gibt Menschen, die sind zu allem in der Lage, selbst zu so etwas", antwortete Hartwichs.

„Wie dem auch sei", sagte Klara, „ich muss jetzt jedenfalls weg." Der Gedanke an den Pfarrer in der Laube trieb sie mit einem Mal zu höchster Eile an.

„Wohin müssen Sie denn so plötzlich?"

„Bin ich Ihnen etwa Rechenschaft schuldig? Und wenn Sie was von mir wollen, wissen Sie ja, wo Sie mich finden. Ich lauf Ihnen schon nicht weg.“

Dann kam die Frage, der Klara unbedingt aus dem Weg gehen wollte.

„Wo ist eigentlich Pfarrer van Kerkhof? Warum hat er die Messe nicht gehalten?“

„Er ist ... nicht da ...“

„Nun drucksen Sie nicht so herum! Wo ist er?“

„Irgendwo. Weg. Deshalb will ich ja heim. Vielleicht ist er mittlerweile da.“

„Als ob Sie nicht wüssten, wo sich Ihr Pfarrer aufhält!“

„Ich sagte ja bereits: Vielleicht ist er inzwischen da!“

Hartwichs machte einen Schritt auf Sie zu: „Liebe Frau Schrupp, ja, von mir aus auch Fräulein Schrupp, wenn da etwas ist, das ich wissen sollte, sagen Sie es jetzt!“

Klara machte eine wegwerfende Handbewegung: „Die Polizei unternimmt ja doch nichts, wenn jemand verschwunden ist.“ Im gleichen Augenblick hätte sie sich dafür ohrfeigen können.

„Verschwunden? Pfarrer van Kerkhof ist verschwunden?“, sprang Hartwichs sofort auf ihre fahrlässige Antwort an.

„Nein, nicht verschwunden, nur nicht da. Deshalb will ich ja sehen, ob er mittlerweile wieder zurück ist. Wenn nicht, können Sie ja immer noch ein Fass aufmachen!“

„Das verstehe, wer will.“ Hartwichs schüttelte den Kopf.

„Kann ich jetzt also gehen?“, fragte Klara ungeduldig.

„Gehen Sie nur. Wir haben ja hier im Moment Wichtigeres zu tun. Aber bitte informieren Sie mich, wenn der Pfarrer wieder zurück ist. Sie wissen, es bestand in letzter Zeit verstärkt Grund, sich Sorgen um ihn zu machen.“

„Aber heute nicht“, versuchte Klara den Kommissar zu beruhigen. „Er wird schon wieder da sein!“

Dann hastete sie auch schon die Treppe des Altarraumes hinunter, lief vorbei an den Leuten, die noch immer in der Kirche waren und teils weinten, teils mit fragenden Gesichtern nach vorne sahen.

Endlich hatte sie den langen Mittelgang durchschritten, ignorierte sogar ausnahmsweise die Weihwasserschale am Ausgang und ging durchs Portal nach draußen.

„Gott sei Dank!“, atmete sie an der frischen Luft erleichtert auf. Und dann setzte sie sich mit raschen, trippelnden Schritten in Bewegung, und es war ihr dabei völlig egal, was die Leute dachten. Sollten sie doch denken, die alte Klara hätte mit dem Joggen begonnen, wie ja heute seltsamerweise der Dauerlauf bezeichnet wurde.

Nach zehn Minuten war sie endlich am Gartenhaus. Völlig erschöpft und am Ende ihrer Kräfte nestelte sie den Schlüssel aus der Manteltasche. Vorher horchte sie einen Augenblick an der Tür: nichts zu hören – es würde doch nicht das Schlimmste eingetreten sein? Aufgeregt schloss Klara auf und war sofort erleichtert: Pfarrer van Kerkhof hockte auf ein paar Säcken Blumenerde und starrte sie mit müden vorwurfsvollen Augen an.

„Also das hier, das war unverschämt. Entlassen! Ich werde Sie sofort entlassen!“

So aufgebracht hatte sie den sonst so gutmütigen Mann noch nie erlebt.

„Sie undankbares Geschöpf! Ja, entlassen Sie mich nur. Dann sollen Sie sehen, wer Ihnen in Zukunft Ihre bekleckerten Hemden wäscht und Ihre Unterhosen zusammenlegt!“ In diesem Ton brauchte man nicht mit Klara zu reden!

„Sie können mich doch nicht einfach hier einsperren! Das wird ein Nachspiel haben!“

„Hatte es schon“, antwortete Klara so laut, dass van Kerkhof vorerst auf eine weitere Entgegnung verzichtete.

Deshalb setzte sie ihn gleich ins Bild: „Dieser schwarze Pater, den Sie ja gut kennen ...“

„Pater Azikiwe? Ein wirklich lieber Mensch. Hat der heute etwa die Messe gehalten?"

„Hat er. Besser gesagt: nicht ganz, denn jetzt liegt er am Altar und ist mausetot!"

Van Kerkhof, der sich längst erhoben hatte, trat einen Schritt auf Sie zu: „Was sagen Sie da? Tot? Wieso tot? Das glaube ich nicht. Dieser herzensgute Kerl ... Aber er war doch jung und völlig gesund, soviel ich weiß!"

„War er auch. Aber wenn einer vergifteten Messwein trinkt, dann bekommt das selbst der besten Gesundheit nicht!" Klaras Nase begann zu vibrieren und ihre Augen huschten über die Holzdielen bis hin zu einem sandgefüllten Blumentopf in der linken Ecke.

„Das ist wie mit dem heimlichen Rauchen", entwischte es ihr mit geschärften Pupillen auf die zahlreichen gelben Spitzen, die den Topf spickten. „Mir ist schon klar, weshalb Sie abends so pflichtbewusst nach unserer Laube sehen wollen. Für dumm verkaufen lasse ich mich nicht, Herr ..."

„Jetzt lenken Sie nicht vom Thema ab, Klara! Was meinen Sie mit vergiftetem Messwein? Ich verstehe gar nichts mehr ..."

In Anbetracht all der aufreibenden Umstände beschloss Klara, ihre persönliche Strafpredigt auf später zu verlegen und erzählte jetzt so ausführlich, wie es die Situation erlaubte, die Einzelheiten.

„Das kann doch nicht wahr sein!" Pfarrer van Kerkhof schlug aufgeregt die Hände über dem Kopf zusammen.

„Es ist aber wahr", sagt Klara bestimmt. „Und wissen Sie, wer da jetzt eigentlich tot am Altar liegen sollte?"

„Helfen Sie mir auf die Sprünge!"

„Mein Gott, was steht der Mann wieder auf der Leitung!", entfuhr es Klara. „Sie natürlich. Sie, Pfarrer van Kerkhof wären jetzt im Himmel, wenn ich nicht auf Sie aufgepasst hätte!"

„Sie meinen ..."

„Natürlich galt der Anschlag Ihnen! Nach all dem, was in

der letzten Zeit passiert ist, kann es nur so sein."

„Aber ... das bedeutet doch auch ..."

„Sie brauchen gar nicht so zu stammeln. Ich weiß, was Sie sagen wollen: Das bedeutet, dass der arme Pater an Ihrer Stelle gestorben ist. Und das ..." Klaras Tonfall schlug plötzlich komplett um, „und das hat nur eine zu verantworten, eine, die hier vor Ihnen steht. Die ein Leben gerettet und dafür ein anderes geopfert hat." Klara konnte nicht mehr an sich halten. Sie ließ sich neben dem Pfarrer auf einem Sack mit Blumenerde nieder und brach in Tränen aus.

Bei all seinem Entsetzen wurde van Kerkhof nun doch vom Mitgefühl übermannt und machte Anstalten, sie in den Arm zu nehmen.

„Lassen Sie bloß Ihre Finger bei sich!", fuhr Klara ihn an, obwohl ihr noch die Tränen die Wangen hinab liefen.

„Keine Sorge, ich werde Sie nicht anfassen. Sie sind schließlich noch viel katholischer als der Papst." Trotz dem, was er gerade erfahren hatte, musste van Kerkhof bei diesen Worten leicht schmunzeln.

„Was wissen Sie denn schon!", schluchzte Klara. „Tatsache ist, dass ich diesen armen Mann auf dem Gewissen habe."

„Aber das ist doch so nicht richtig", versuchte van Kerkhof sie zu beruhigen, wobei seine Rechte schon wieder nach ihrem Arm zuckte, er sich aber noch rechtzeitig besann. „Sie konnten doch nicht wissen, was geschehen würde! Ich nehme an, Sie haben gestern Abend um einen Ersatz für mich gebeten. Wie Sie das begründet haben, will ich im Augenblick gar nicht wissen. Aber Sie taten das doch nur, um mich aus dem Verkehr zu ziehen. Wie sollten Sie denn ahnen, dass jemand auf die Idee kommt, den Mordversuch in die Kirche zu verlegen? Bisher hat er sich doch auf mich und auf unser Pfarrhaus konzentriert. Und wenn er gehört hätte, dass ich heute keine Messe zelebriere, hätte er dann heute überhaupt etwas unternommen oder sich zurückgehalten? Fragen über Fragen, liebe

Klara. Außerdem: Wer konnte schon wissen, welchen Anschlag er verüben würde?“

„Aber trotzdem“, Klara weinte immer noch. „Ich bin schuld daran, dass der arme Pater jetzt nicht mehr lebt!“

„Schuld daran ist nur der, der den Messwein vergiftet hat“, sagte van Kerkhof energisch. „Und sonst niemand!“

„Wenn Sie das so sagen ...“, schniefte Klara.

„Das sage ich nicht nur so, das meine ich auch so!“ Van Kerkhof tat die gute Seele so leid – gerne hätte er ihr mehr gesagt und sie getröstet, aber er wusste ja auch, wie sie auf zu viel Nähe reagieren konnte.

Dann kam etwas, was er in den mehr als vierzig Jahren mit ihr noch niemals gehört hatte. Klara wischte sich die Tränen ab, sah ihn groß an und sagte: „Danke!“

Zwar verkniff sich der Pfarrer einen Kommentar, doch sein erstaunter Blick entging der guten Klara natürlich nicht, und sie fauchte ihn an: „Nun gucken Sie doch nicht so behämmert! Ist es so ungewöhnlich, wenn ich ‚Danke‘ sage?“

„Eigentlich ... schon“, wagte der Pfarrer zu antworten.

„Ach was, dummes Gerede! Ich habe Ihnen doch erst letzte Woche erzählt, wie viel Dankbarkeit allein unter meiner Nachttischplatte klemmt“, fegte sie seinen zarten Einwand zur Seite, sodass er ihm auch keinen weiteren folgen ließ.

„Und wie geht’s jetzt weiter?“, fragte van Kerkhof nur.

„Ich fürchte, wir müssen zu diesem dämlichen Polizisten und ihm alles erzählen!“

„Herrn Hartwichs?“

„Ja, ich habe ihm nämlich nicht verraten, dass ich Sie eingesperrt habe, und ich soll mich bei ihm melden, wenn Sie wieder aufgetaucht sind.“

„Aha, dann bin ich also verschwunden? Dann bleibt uns tatsächlich nichts anderes übrig, als uns an ihn zu wenden.“ Kurz entschlossen ging der Pfarrer durch die Tür nach draußen und Klara folgte ihm ohne ein Wort des Widerspruchs.

„Sollen wir ihm nicht lieber doch sagen, dass Sie irgendwo anders waren?", fragte Klara unterwegs. „Sonst stehe ich doch jetzt als Lügnerin da!"

„Das tut mir leid, meine Liebe. Aber wie sagt man so schön: Da müssen Sie jetzt durch!"

„Da danke ich Ihnen aber ganz herzlich", giftete seine Haushälterin ihn dafür an.

„Schon wieder ein Dank!", stellte sich der Pfarrer dumm.

„Aber das war doch kein echter!", entrüstete sich Klara. „Sie reiten mich damit ganz schön in was rein."

„Ich weiß schon, wie das gemeint war, meine Gute", grinste der Pfarrer. „Und wegen Herrn Hartwichs machen Sie sich mal keine Sorgen. Er ist ein guter Mensch und wird Ihnen schon keinen Strick daraus drehen. Außerdem habe ich nicht vor, Sie wegen Freiheitsberaubung anzuzeigen."

„Das wäre auch noch schöner!", gab Klara erzürnt zurück.

Als sie die Pfarrkirche fast erreicht hatten, zog der Leichenwagen die Blicke der beiden auf sich.

„Sehen Sie nur, Herr Pfarrer!"

„Gott sei seiner Seele gnädig!", entfuhr es van Kerkhof, der sich bei diesen Worten bekreuzigte.

„So ein guter Mensch!" Klara holte schon wieder ihr Taschentuch aus dem Ärmel. „Ich habe ihm so gerne zugehört."

Obwohl der Pfarrer das aus früheren Begegnungen anders in Erinnerung hatte, hielt er angesichts des großen schwarzen Wagens im Pfarrhof einen Kommentar für unangebracht.

Als sie die Kirche betraten, fiel ihr Blick auf mehrere weiß gekleidete Personen, die sich vorn am Altar zu schaffen machten.

„Das ist die Spurensicherung", flüsterte der Pfarrer Klara zu.

„Das müssen Sie mir nicht sagen", gab sie halblaut zurück. „Ich kenne mich da aus." Als sie langsam nach vorne gingen, sahen sie, wie ein Mann in Zivil über das rot-weiße Absperrband stieg, das um den Altarraum gespannt war, und auf sie zukam.

„Der Hartwichs", sagte Klara und stieß dem Pfarrer dabei den Ellenbogen in die Seite.

„Keine Angst, er wird Ihnen schon nichts tun!"

„Als ob ich vor dem Angst hätte", zischte Klara und ging weiter, blieb dabei aber einen Schritt hinter dem Pfarrer zurück.

„Haben Sie ihm denn wenigstens erzählt, dass gestern ..."

„Pscht! Alles der Reihe nach, Herr Pfarrer."

„Da haben wir ja den Vermissten", kam ihnen der Kommissar mit ausgestreckten Armen entgegen. „Ich habe mir schon große Sorgen um Sie gemacht!"

„Wir sind hier immer noch in einem Gotteshaus", fuhr Klara den Mann an. „Da darf man nicht so schreien!"

„Nach dem, was heute hier geschehen ist, ist das leider erst einmal ein ganz normaler Tatort", gab der Polizist so freundlich wie möglich zurück.

Klara wollte etwas entgegnen, erhielt nun aber ihrerseits jetzt vom Pfarrer einen leichten Stoß in die Seite. „Furchtbar, was heute hier passiert ist", nahm er schnell das Wort an sich.

Der Polizist nickte: „Das kann man wohl sagen." Er schob die beiden zur nächsten Bank: „Im Sitzen kann man besser reden."

Als sie saßen, nahm Hartwichs den Pfarrer und Klara nacheinander mit prüfenden Augen fest ins Visier. Dass er dabei zunächst nichts sagte, verunsicherte Klara. „Jetzt starren Sie mich doch nicht so an!"

„Ich denke nur nach", sagte Hartwichs. „Hier ist ein Mord geschehen. Ein Mann wurde vergiftet, der normalerweise nicht hier gewesen wäre. Derjenige, der an den Altar gehört hätte, war verschwunden. Wenn ich Sie beide nun nicht so gut kennen würde, wäre doch der Gedanke nicht so abwegig, dass der Pater hierher gelockt wurde, um ihn dann zu töten, während man selbst in die sichere Deckung ging. Ich meine, als Pfarrer haben Sie doch Zugang zum Messwein. Und Frau Schrupp weiß sicherlich auch, wo er zu finden ist."

Zwei Augenpaare schienen sich bis ins Unermessliche zu weiten, doch weder van Kerkhof noch Klara waren in der Lage, etwas zu entgegnen. Deshalb fuhr Hartwichs fort: „Ich sage ja, dass das ein Gedankenspiel wäre, wenn ich Sie nicht so gut kennen würde. Und deshalb will ich diese Möglichkeit vorerst auch nicht weiter verfolgen. Trotzdem wüsste ich natürlich gerne, was geschehen ist! Ich könnte es mir sonst nämlich noch anders überlegen."

Hartwichs beugte sich plötzlich ganz dicht zu seinen Gesprächspartnern hin, und seine Stimme klang mit einem Schlag sehr energisch, als er sagte: „Jetzt mal raus mit der Sprache! Wo waren Sie, Herr Pfarrer? Und warum musste Sie dieser arme afrikanische Pater vertreten?"

Der Pfarrer fuhr erschrocken zusammen und antwortete der Wahrheit gemäß: „Ich war in unserer Gartenlaube. Die Tür war verschlossen und ich kam nicht raus."

„Die Tür war verschlossen und Sie kamen nicht raus", wiederholte Hartwichs. „Nun verschließt sich eine Tür nicht von selbst, und wenn Sie derjenige gewesen wären, der sie verschlossen hätte, dann hätten Sie doch einen Schlüssel zur Hand gehabt und das Gartenhaus jederzeit verlassen können."

„Ich hatte aber keinen Schlüssel. Den hatte jemand anderes."

„Drucksen Sie doch nicht so herum, Herr Pfarrer! Wer hat Sie in den Schuppen gesperrt?"

Nun konnte Klara nicht länger schweigen. Sie warf dem Pfarrer einen tiefen Blick zu, der ihre Anerkennung und Dankbarkeit ausdrücken sollte, schluckte und sagte dann so laut, wie sie es hier in der Kirche gerade noch vertreten konnte: „Ich war es! Ich habe Pfarrer van Kerkhof eingesperrt."

Hartwichs sah sie eindringlich an: „Sie haben den Pfarrer eingesperrt? Aber warum? Das müssen Sie mir erklären!"

Klara sah jetzt keinen Grund mehr, mit zumindest einem Teil der Wahrheit noch länger hinter dem Berg zu halten: „Nun, Sie wissen doch, was in der letzten Zeit alles passiert ist. Und da bekam ich plötzlich ...“ – es fiel ihr sichtlich schwer, ihr Motiv in Worte zu fassen – „ich bekam halt plötzlich Angst um den alten Tölpel. Er tappt doch so schon in jedes Fettnäpfchen, das man ihm nicht aus dem Weg räumt, und wenn ihm dann noch einer an den Kragen will, dann hat er es in seinem Fall besonders leicht. Das Unglück wird von dem Mann doch so angezogen wie die Motten vom Licht ...“

Ein Grinsen spielte um Hartwichs Lippen, als er zusammenfasste: „Sie wollten den Herrn Pfarrer also beschützen. Ich verstehe. Aber warum haben Sie zu einem so drastischen Mittel gegriffen? Gab es einen akuten Anlass, den armen Mann in die Laube zu sperren? Wussten Sie vielleicht von einer Gefahr, die ausgerechnet im Gottesdienst auf ihn lauerte?“

„Auf keinen Fall, nein, davon wusste ich nichts“, beteuerte Klara. „Er saß ja nicht erst seit heute Morgen in der Laube ...“

„Sie wollen sagen, er hat die ganze Nacht darin verbracht?“ Hartwichs wandte sich nun an van Kerkhof: „Herr Pfarrer, ist das richtig? Sie saßen also mindestens seit gestern in Ihrem Gartenhaus fest?“

Van Kerkhof nickte: „Das war wohl so. Und in der Nacht war es ziemlich kalt ...“

„Sie hätten sich ja eine Decke nehmen können“, warf Klara ein. „Liegen doch genug alte da rum.“

„Hab ich doch. Was blieb mir denn anderes übrig, als mich in die muffigen Dinger zu packen. Trotzdem war es frisch!“

Die Lippen des Polizisten zuckten, doch er gewann schnell wieder die Herrschaft über sein Mienenspiel. „Nun, Sie scheinen es ja einigermaßen überstanden zu haben, Herr Pfarrer. Und ob diese Maßnahme angemessen war, das machen Sie beide am besten unter sich aus. Es sei denn, Sie wollen Strafanzeige erstatten!“

Klara fasste sich in diesem Moment ans Herz. Van Kerkhof ließ sich lange Zeit mit seiner Antwort: „Das werde ich ganz bestimmt nicht tun.“

„Gut, dann ist das ja auch geklärt", sagte der Kommissar. „Trotzdem hätte ich natürlich gerne gewusst, wie es dazu kam, dass Sie Ihren Chef ins Gartenhaus gesperrt haben, Frau ... Fräulein Schrupp. Immerhin wussten Sie doch, dass er am nächsten Tag eine Messe zu halten hatte?"

„Natürlich wusste ich das. Und wenn es nicht so leicht gewesen wäre, eine Vertretung für ihn zu finden, hätte ich ihn ja auch wieder rausgelassen. Aber ich war ja froh, dass das so reibungslos geklappt hat. Ich hatte mir halt schon überlegt, was nun wäre, wenn in der Kirche jemand vielleicht auf den Pfarrer schießen würde."

„Aber Fräulein Schrupp, wenn jeder jederzeit Angst vor Schüssen hätte, würden wir uns wohl alle nur noch verkriechen. Ich gebe ja zu, hier bestand schon ein Verdacht auf eine Art von Psychoterror, doch seit der Sache mit dem Gerüst ist doch alles ruhig geblieben."

„Von wegen ruhig! Zwei Mal hat's geknallt. Gestern Abend. Durch unser Küchenfenster." Klara drückte sich die Hand gegen den Mund.

Hartwichs wurde puterrot. „Sie wollen mir doch jetzt nicht erzählen, jemand hätte auf Ihr Fenster gezielt!" Der Polizist sah van Kerkhof prüfend und ungläubig an.

Doch als der Pfarrer die Schultern hob und nickte, schlug Hartwichs mit der flachen Hand wütend vor sich auf die Kirchenbank. „Und da ist nicht die Polizei Ihre erste Adresse, sondern eine Gartenlaube – und ansonsten nur Stillschweigen von Ihnen?!"

Klara zog ihr Taschentuch aus dem Ärmel, um ihr Gesicht dahinter zu verbergen. „Lassen Sie sich mal am Kopf vorbeischießen! Dann denken Sie auch nicht zuerst an die Polizei, die ohnehin ewig braucht, bis sie mal anrückt, sondern Sie bringen sich auch zuallererst selbst in Sicherheit. Außerdem war mir die Reihenfolge so sicherer. Für die Nacht war der Herr Pfarrer am besten dort aufgehoben, wo er nun mal war.

Sie hätten ihn da rausgeholt und nach Ihrem ganzen Trara doch wieder alleine daheim am Tisch sitzen lassen."

Van Kerkhof blickte betreten drein, während Hartwichs abermals mit dem Kopf schüttelte. „Sie sind sich aber bewusst, dass Ihre Küche jetzt auch ein Tatort ist? Oder haben Sie vor, heute Mittag wieder eine Plane vors Fenster zu hängen und Ihre Kartoffelsuppe aufzusetzen?" Der Sarkasmus in seiner Stimme tat van Kerkhof in der Seele weh, doch seine Haushälterin schniefte: „Über das Mittagessen für heute habe ich noch gar nicht nachgedacht."

12.

Die Ermittlungen im und ums Pfarrhaus waren schnell abgeschlossen. Es gab weder Fußabdrücke im Vorgarten noch andere verwertbare Spuren. Angeblich war vom Gehsteig her geschossen worden. Die beiden Projektile wiesen eine Schusswaffe aus, die es in jedem Schützenverein gab – alles in allem bestand keine Chance auf irgendeinen ergiebigen Hinweis.

Doch wegen des Mordfalls saßen sie schon am frühen Nachmittag wieder zusammen in der Kirche und spielten den Tathergang zum wiederholten Male durch. Klara blieb felsenfest dabei, richtig gehandelt zu haben. „Sehen Sie, wenn jemand den Pfarrer in der Kirche hätte erschießen wollen, dann hätte er ja gesehen, dass nicht der richtige Mann da vorne am Altar steht."

„Natürlich, das leuchtet mir ein. Aber sagten Sie nicht eben, Sie hätten nichts von einer konkreten Gefahr in der Kirche gewusst?" Hartwichs sah die Haushälterin eindringlich an. „Bitte, das ist jetzt sehr wichtig für mich: Gab es etwa eine Drohung, die Sie darauf schließen ließ, dass in der Kirche eine besondere Gefahr lauern würde?"

„Ganz bestimmt nicht!" Klara schüttelte dabei heftig den Kopf. „Aber als gestern auf unser schönes Pfarrhaus geschossen wurde, da ist irgendwas bei mir durchgebrannt. Ich bin ja schließlich keine sechzig mehr! Überall sehe ich heute Leute mit der Pistole, selbst wenn es nur die Kirchgänger mit ihren Gesangbüchern sind. Außerdem werde ich nie die Bilder von dem armen Kennedy damals vergessen ... Und dann waren der Herr Pfarrer und ich gestern Abend noch mit dem Auto unterwegs, da durfte ich heute Nacht gar nicht drüber nachdenken – die Kennedys saßen ja auch in ihrem Wagen, als es passierte ..."

Klara musste heftig in ihr Taschentuch schnäuzen. „Ich wollte doch nicht, dass der arme Pater umgebracht wird. Wenn jemand den Pfarrer in der Kirche hätte erschießen wollen, dann hätte er ja gesehen, dass nicht der richtige Mann da vorne am Altar steht, und er hätte seine Waffe stecken lassen. Ich wusste doch nicht, dass er es dieses Mal auf eine andere Art versucht."

„Bitte lassen Sie es gut sein, Herr Hartwichs!", ging van Kerkhof voller Mitleid dazwischen. „Sie sehen doch, wie Fräulein Schrupp sich quält. Die Gute hat den armen Pater ganz bestimmt nicht bewusst in Gefahr gebracht!"

„Das habe ich auch nicht", sagte Klara schluchzend. „Hätte ich gewusst, was ich anrichten würde, ich hätte doch ganz anders gehandelt!"

„Nur, wie?" Der Pfarrer war auf einmal ganz nachdenklich. „Hätten Sie mich nicht eingesperrt, wäre ich jetzt tot."

„Es ist müßig, darüber nachzudenken, was gewesen wäre, wenn ...", sagte Hartwichs. „Wir müssen uns jetzt den Fakten so stellen, wie sie sind!"

„Es steht also fest, dass der Pater ermordet wurde?", wollte van Kerkhof noch einmal genau wissen.

„Für mich schon. Aber um absolute Sicherheit zu haben, müssen wir natürlich noch das Untersuchungsergebnis aus dem Labor abwarten."

„Das heißt, Sie haben den heiligen Messwein mitgenommen?" Klara sah den Kommissar entgeistert an.

„Natürlich haben wir das. Außerdem kann er so heilig ja nicht mehr sein, wenn damit ein Mensch ermordet worden ist!"

Bevor Klara noch etwas entgegnen konnte, ging der Pfarrer dazwischen: „Das ist natürlich eine absolut richtige und notwendige Maßnahme gewesen, Herr Hartwichs!"

„Gut, wenn Sie das als Geistlicher so sehen, dann habe ich an dieser Stelle wohl meinen Mund zu halten", meinte Klara leicht beleidigt, beließ es dann aber tatsächlich dabei.

„Mir wäre wichtig, zu wissen, wer alles Zugang hatte zum Messwein", setzte Hartwichs neu an. „Doch in erster Linie bestimmt Sie, Herr Pfarrer?"

„Natürlich ich. Und unser Küster. Aber für den leg ich die Hand ins Feuer!"

„Das glaube ich gerne. Deshalb zurück zu meiner Frage: Wer könnte sonst noch an den Messwein gekommen sein?"

„Da müssen wir genauer hinsehen, Herr Kommissar. Wenn die Flasche beim Abfüllen vergiftet wurde, dann kommen viele in Betracht. Nämlich alle, die an der Herstellung beteiligt waren. Außerdem müssten wir auch an unseren Messweinlieferanten denken, aber im Gegensatz zum Abfüller kenne ich den auch gut und würde ebenfalls mit Sicherheit sagen, dass er nicht als Täter in Betracht kommt."

„So weit denke ich gar nicht", sagte Hartwichs. „Die Tat war unseres Erachtens ein gezielter Anschlag, und hätte jemand den Wein in einem so frühen Stadium vergiftet, so hätte er doch sehr vieles dem Zufall überlassen. Nein, der Wein muss hier vor Ort präpariert worden sein!"

„Das leuchtet mir ein. Aber die Flaschen sind doch verkorkt", gab van Kerkhof zu bedenken.

„Es gibt sicher Möglichkeiten, das Gift mit einer Spritze hinzuzugeben ..."

„Wenn jemand so geschickt herumhantiert, dann dauert das aber eine Weile", mischte sich Klara ein. „Und dann müsste er sich ja ziemlich lange unbemerkt in der Sakristei aufgehalten haben."

„Ich nehme an, dass dort der Messwein aufbewahrt wird?" Hartwichs sah zuerst die Haushälterin und dann wieder den Pfarrer an.

„Das ist wohl wahr", antwortete dieser deshalb auch. „Wir bewahren da alles auf, was für den Gottesdienst benötigt wird, auch den Messwein."

„Haben Außenstehende Zugang zur Sakristei?", setzte Hartwichs das Verhör fort.

Van Kerkhof schüttelte den Kopf. „Theoretisch nur während des Gottesdienstes. Aber da würde es natürlich auffallen, wenn jemand dorthin ginge. Ansonsten ist die Sakristei abgeschlossen."

„Ich nehme an, das machen Sie?"

„Ich habe zwar einen Schlüssel, aber meistens schließt unser Küster ab."

„Womit wir wieder bei ihm wären ..."

„Ach, lassen Sie doch nur diesen Gedanken fallen. Herr Enkes ist ein grundehrlicher Mann und schon länger Küster, als ich Pfarrer bin!"

„Da muss ich dem Herrn Pfarrer aber ausnahmsweise einmal recht geben", warf Klara ein. „Herr Enkes ist ein so guter Mensch, der würde nie auf so einen Gedanken kommen. Außerdem, warum sollte er das tun? Er versteht sich seit vierzig Jahren ganz ausgezeichnet mit mir – und auch mit dem Pfarrer, was nicht immer so einfach ist. Nein, lassen Sie bloß den guten Enkes in Ruhe!"

„Ich könnte mir ja selbst kein Motiv vorstellen", räumte Hartwichs ein.

„Sehen Sie nur: ein 76-jähriger Mann, der im letzten Jahr seine Frau verloren hat und froh ist, dass er noch eine Aufgabe hat im Leben. Also wenn Sie den verdächtigen würden, mein lieber Herr Hartwichs, dann müsste ich schon an ihrem Geisteszustand zweifeln!"

„Nicht doch, Klara!", versuchte van Kerkhof einer Eskalation vorzubeugen.

„Keine Sorge, Herr Pfarrer. Ich habe nicht die Absicht, Ihre gute Seele hier noch mehr aufzuregen", lenkte Hartwichs mit leichtem Grinsen ein. „Für mich scheint Herr Enkes, wie ich bereits sagte, ebenfalls als Täter ausgeschlossen. Allerdings liegt bei ihm – und in diesem Fall im wörtlichen Sinne – der Schlüssel, wie der Täter an den Wein gekommen sein könnte. Befragen muss ich ihn deshalb auf jeden Fall."

„Tun Sie, was Sie nicht lassen können", sagte Klara verbissen. Trotzdem merkte man ihr an, wie sehr sie der Gedanke aufregte, dass ausgerechnet der Küster nun einem möglicherweise langwierigen Verhör unterzogen werden könnte.

„Wir verstehen doch, dass Herr Hartwichs jeder Spur nachgehen muss, um den Täter zu finden, nicht wahr, liebe Klara?" Van Kerkhof sah seine Haushälterin dabei streng an, und sie nickte nur grimmig. Wenn er vor anderen schon ‚liebe Klara' zu ihr sagte, dann war es höchste Zeit, den Mund zu halten.

„Ich denke, wir sollten an dieser Stelle unser Gespräch vorerst einmal beenden." Hartwichs zeigte zum Altar, wo seine Kollegen von der Spurensicherung noch immer emsig am Arbeiten waren. „Sie können sich denken, dass ich heute noch einiges zu tun habe. Immerhin sind ja auch Schüsse gefallen, die hiermit vielleicht in Zusammenhang stehen und die man im Grunde heute Nacht schon hätte ..."

„Das verstehen wir gut", sagte van Kerkhof rasch, der damit Klara zuvorgekommen war. Er hatte Angst, dass sie dem Kommissar noch eine böse Bemerkung mit auf den Weg geben könnte, und ein Blick auf ihren zugespitzten Mund ließ ihm dies nicht als völlig unbegründet erscheinen.

„Sie halten sich aber zu unserer Verfügung, falls noch was sein sollte!"

„Selbstverständlich tun wir das, Herr Kommissar!"

Hartwichs wollte sich gerade erheben, als Klara sich nun doch nicht mehr am Riemen reißen konnte. „Sie können aber doch jetzt nicht so einfach gehen! Was ist denn nun mit dem Pfarrer? Wird er jetzt nicht endlich unter Polizeischutz gestellt? Beim nächsten Mal kommt er vielleicht nicht mehr davon, und bis jetzt haben Sie ihn ja schmählich im Stich gelassen!"

„Mich hat niemand im Stich gelassen, meine liebe Klara!", warf der Pfarrer energisch ein. „Herr Hartwichs und ich haben die Möglichkeiten eines Polizeischutzes schon besprochen, bevor Sie mich in die Laube gesperrt haben, und wir waren uns einig, dass wir darauf verzichten!"

„Das war ja auch ihr ausdrücklicher Wunsch, Herr Pfarrer!“, sagte der Polizist.

„Ihr ausdrücklicher Wunsch?!“ Klara sah ihren Chef mit großen Augen an, woraufhin dieser nur knapp entgegnete: „Herr Hartwichs sagt es!“

„Und warum weiß ich davon nichts? Beruhigen mich die ganze Zeit mit verdeckten Ermittlungen und verstecktem Schutz ...“

„Weil Sie nicht alles wissen müssen, meine Gute!“ Zum Zeichen, dass das Gespräch hier beendet war, stand der Pfarrer auf und ging mit Hartwichs aus der Bank.

Völlig perplex blieb Klara noch einen Augenblick sitzen, und ihr gingen dabei absolut keine christlichen Gedanken durch den Kopf. Wie konnte der Mann ihr das antun! Hinter ihrem Rücken Vereinbarungen treffen und sie jetzt so völlig dumm dastehen lassen ... Nein, das hier hatte er ihr nicht umsonst getan! Das würde er ihr büßen!

13.

Es dauerte lange, bis Klara sich beruhigt hatte. Immerhin war es für sie das Schlimmste überhaupt, wenn ihr Informationen vorenthalten wurden. Und wenn das dann noch mit voller Absicht geschah, und derjenige, der sie nicht an seinen Entscheidungen teilhaben ließ, auch noch Willem van Kerkhof hieß, dann bedeutete das eine Kränkung, die sie nur ganz schwer verzeihen konnte.

„Gartenlaube hin oder her! Hier hat er mich gründlich übergangen!“, murmelte sie in ihrem Schlafzimmer mit tosenden Gefühlen vor sich hin.

So gab sie sich am Rest dieses Sonntags, wenn sie sich denn überhaupt unten blicken ließ, äußerst einsilbig – und es waren nur die schrecklichen Geschehnisse vom Vormittag, die sie gelegentlich zum Sprechen brachten.

Van Kerkhof wusste umgekehrt natürlich genau, was an ihr nagte, doch sah er absolut keinen Grund, sich ihr gegenüber zu rechtfertigen. Außerdem war er der Ansicht, dass sie froh sein konnte, wenn er über ihr rabiates Vorgehen ihm gegenüber so kulant hinweggesehen hatte.

„Die Nacht im Gartenhaus war nämlich kein Zuckerschlecken gewesen, oh nein, Klara Schrupp“, führte wiederum er seine Selbstgespräche alleine im Wohnzimmer. Den ganzen Tag über tat ihm noch der Rücken weh. Das Schlafen auf den harten Säcken mit Blumenerde hatte seiner kürzlichen Prellung und seinen alten Knochen alles andere als gutgetan.

Trotzdem blieb beiden an diesem schlimmen Tag nichts anderes übrig, als sich zusammenzuraufen. Der Mord an Pater Azikiwe verbot es schlichtweg, dass man sich konsequent anschwieg. Und dann kam am frühen Abend noch der Anruf von Kommissar Hartwichs dazu, der unbedingt einer längeren Beratung bedurfte.

Zu guter letzt trafen Klara und van Kerkhof die stille Übereinkunft, den größten Streit ihres bisherigen Zusammenwirkens einstweilen zu verschieben, da es im Moment aus pragmatischen Gründen einfach geboten erschien, miteinander zu sprechen.

Was der Kommissar mitzuteilen hatte, war äußerst interessant: Er sagte nämlich, dass der restliche Messwein in der Flasche keineswegs vergiftet war. Allerdings habe man im Kelch und in einem der beiden Messkännchen Reste eines hochgiftigen Pflanzenschutzmittels gefunden. Dies bedeutete wiederum, dass das Gift dem Wein erst unmittelbar vor dem Gottesdienst zugesetzt worden sein konnte. Damit schränkte sich der Kreis der Personen, die dafür verantwortlich gewesen sein konnten, natürlich ganz erheblich ein.

„Da hätte ich zuerst am Telefon sein müssen", ärgerte sich Klara in ihrer Schlafstube vor sich hin, während sie ein Foto an der Wand betrachtete, das sie und ihren Chef in aller Eintracht vor Siggis Wohnwagen an der Lahn zeigte. „Dann hätte nämlich ich einmal Informationen für mich behalten, und Sie, mein Lieber, hätten mir die Würmer aus der Nase ziehen müssen!" Außerdem hätte der Pfarrer damit schon einmal einen kleinen Beitrag ihrer Rache erhalten. So aber war es umgekehrt. Sie war in die unglückliche Rolle der Fragerin gedrängt und musste nun mühsam ein Detail nach dem anderen aus der Erinnerung ihres Chefs hervorpulen. Dabei gab der sich spürbar Mühe, sie alles wissen zu lassen – er wollte eben *gutes Wetter* machen, wie Klara das für sich interpretierte –, nur waren eben nicht mehr alle diese Informationen in seinem Kopf präsent.

„Was war es denn für ein Pflanzenschutzmittel, Herr Pfarrer? Hartwichs muss das doch gesagt haben?", war eine der bohrenden Fragen, die sie an ihn hatte.

„Hat er auch, aber ich habe den Namen vergessen. Jedenfalls nichts, was ich schon mal gehört habe."

„Nun gehen Sie doch mal in sich!“, drängte sie weiter.

„Ist das so erheblich? Ich meine, es hat sich angehört wie eine chemische Verbindung ...“ Van Kerkhof tat seiner Haushälterin den Gefallen und gab sich den Anschein, als sei er verzweifelt auf der Suche nach dem Namen. „Ich kann ihn ja noch mal anrufen ... aber nicht mehr heute“, bot er dann an.

„Das vergessen Sie dann sowieso wieder. Sie mit Ihrem durchlöcherten Gehirnkasten!“

„Mein Gehirnkasten wäre vielleicht gerade heute besser in Form, wenn er nicht die ganze Nacht in einer kalten Hütte verbracht hätte!“, konterte van Kerkhof.

Klara winkte ab: „Ach was, im Gegenteil, normalerweise schärft Kälte die Sinne! Aber was ist bei Ihnen schon normal ...“ Um von der Nacht in der Laube abzulenken, ging sie schnell zur nächsten Frage über: „Hat Herr Hartwichs eigentlich Namen genannt, die für ihn als Täter in Frage kommen? Das werden Sie ja wohl wissen, oder waren die auch wieder zu kompliziert für Sie, so wie irgendwelche chemische Verbindungen, die Sie sich angeblich nicht merken konnten?“

Der Pfarrer beschloss, nicht auf diese plumpe Spitze einzugehen, und beschränkte sich auf die verlangte Auskunft: „Es fiel immer wieder nur der Name unseres Küsters.“

Klara klatschte wütend in die Hände: „Was für ein Quatsch! Unser guter Herr Enkes! Das ist ja wie in dem alten Lied: *Der Mörder ist immer der Küster*!“

„Ich glaube, es heißt: *Der Mörder ist immer der Gärtner*“, wagte van Kerkhof nun doch einzuwerfen.

„Unsinn!“, herrschte Klara ihn an. „Was wissen Sie als Holländer denn schon von unseren schönen alten Volksliedern? Aber ich will mich jetzt nicht schon wieder mit Ihnen streiten. Dafür ist die Sache zu wichtig.“

„Da haben Sie wohl recht! Ich würde niemals wagen, mit Ihnen über das deutsche Liedgut zu diskutieren. Da kennen Sie sich natürlich viel besser aus als ich.“ Der Pfarrer fuhr sich so unauffällig wie möglich mit der Hand über den Mund, damit Klara sein Grinsen nicht bemerken sollte.

Trotzdem war sie durch seine Bemerkung einigermaßen verunsichert. Wie es ihrem Naturell entsprach, trat sie deshalb die Flucht nach vorne an und fuhr ihn erst einmal gehörig an: „Sie müssen gar nicht so überheblich sein! Ich merke genau, wenn Sie mich auf den Arm nehmen wollen!"

„Ich nehme Sie nicht auf den Arm. Das würde ich doch niemals wagen."

„Das will ich Ihnen auch geraten haben!"

„Wollen wir nicht wieder auf den Fall zu sprechen kommen, Klara?", versuchte van Kerkhof die Unterhaltung wieder in geordnete Bahnen zu bringen. „Wie Sie bereits sagten: Es gibt im Moment Wichtigeres, als uns zu streiten. Und was unseren Küster betrifft: Da bin ich doch voll und ganz bei Ihnen. Herr Enkes scheidet als Täter aus, das ist für mich so sicher wie das Amen in der Kirche!"

„Das ist doch mal ein Wort!", gab sich Klara beschwichtigt. „Aber wie geht es jetzt weiter? Hat Hartwichs dazu was gesagt?"

„Keine Ahnung. Ich habe nicht danach gefragt."

„Das ist mal wieder typisch für Sie! So etwas fragt man doch! Ach, hätten Sie doch mich mal ans Telefon gehen lassen!"

„Ich gelobe Besserung. Das nächste Gespräch führen Sie mit dem Kommissar!"

Bevor Klara noch etwas entgegnen konnte, fuhren sie beide zusammen, denn es läutete heftig an der Haustüre.

„Wer kann das denn sein am heiligen Sonntagabend? Oder erwarten Sie Besuch, Herr Pfarrer? Ich meine, Sie sagen mir ja längst schon nicht mehr alles ..."

„Keine Sorge, das hätte ich Ihnen schon gesagt. Ich schlage vor, Sie sehen einfach nach!"

„Und wenn es der Mörder ist?" Klaras Angst wirkte absolut nicht gespielt.

„Ein Mörder klingelt doch nicht an der Tür. Soll ich denn lieber gehen?"

„Um Himmels willen. Wenn, dann hat er es ja gerade auf Sie abgesehen. Ich gehe jetzt, und wenn ich schreie, rufen Sie sofort den Kommissar an!"

Klara war bereits aufgestanden und machte sich – allerdings viel langsamer als sonst – auf den Weg zur Haustür.

„Sie haben zu viele Ihrer Krimis gelesen", sagte van Kerkhof, der sich kurzerhand entschlossen hatte, mitzukommen.

„Nun bleiben Sie doch da, Herr Pfarrer! Am Ende erwischt er noch uns beide!" Klaras Bemühungen, den Pfarrer abzuschütteln, halfen aber nichts, und so kamen sie schließlich gemeinsam bei der schweren Haustür an.

„Nun öffnen Sie doch schon!", forderte van Kerkhof seine zögernde Haushälterin auf.

„Sicher ist sicher", sagte Klara und blickte durch den Türspion. „Entwarnung", rief sie eine Sekunde später freudig und drehte sich um. „Vor dem, der da steht, brauchen wir keine Angst zu haben!"

Van Kerkhofs fragenden Blick beantwortete sie mit einem vielsagenden Lachen: „Da, sehen Sie selbst!"

Klara riss die Tür auf, und davor stand kein Geringerer als Siggi.

„Das ist ja mal eine schöne Überraschung", sagte Klara und streckte ihm beide Hände entgegen.

„Aber hallo! Was ist das denn für eine Begrüßung?", wunderte sich der Besucher kopfschüttelnd.

„Das erklären wir dir später, mein Lieber", warf der Pfarrer ein. „Es gibt viel zu erzählen. Nun komm doch erst mal rein. Aber ich sehe jetzt erst: Du bist nicht alleine gekommen!" Sein Blick fiel auf einen Jungen, der sich bis jetzt hinter seinem erwachsenen Begleiter verborgen hatte.

„Sieh an, der Matthias!", rief Klara. „Du warst doch erst kürzlich hier mit deiner Entschuldigung."

Der Junge lief sofort rot an. Offenbar war das eine lästige Eigenart von ihm. Feinfühlig, wie Klara war, ließ sie es nicht bei ihren Gedanken. „Du musst dich nicht schämen, mein Junge. Heute morgen im Gottesdienst, da warst du auch schon so rot im Gesicht. Dabei hast du doch alles richtig gemacht."

Der Junge errötete daraufhin nur noch mehr. Ohne sich um die Wirkung ihrer Worte zu kümmern, wandte sich Klara an den Pfarrer. „Matthias hat nämlich heute Morgen in der Messe gedient. Da ist er bei der Wandlung auch so rot geworden. Na ja, so sind die Kinder halt in diesem Alter. Stecken voller Hemmungen."

„Vielleicht lassen wir das Thema jetzt lieber und bitten die Gäste erst einmal ins Haus", versuchte van Kerkhof die Situation zu retten. Ihm tat der Junge von Herzen leid, wie er da stand und nicht wusste, wohin er noch sehen sollte.

„Natürlich kommt ihr erst mal rein", schloss sich Klara ihrem Chef an, wobei sie aber offenbar die tiefere Absicht seiner Worte nicht verstanden hatte.

„Und du musst auch gar keine Angst vor uns haben, Matthias. Dann geht dein roter Kopf auch gleich wieder weg!"

Der Pfarrer und Siegfried Kroll warfen sich vielsagende Blicke zu und rollten verzweifelt mit den Augen. Er würde seiner Haushälterin nachher schon ein paar Worte sagen müssen, was den Umgang mit pubertierenden Jugendlichen anging, nahm sich van Kerkhof vor. Zum Glück war die peinliche Szene jetzt überstanden. Sie marschierten alle gemeinsam durch den Hausflur, wo Klara sie ins Wohnzimmer führte und die Gäste bat, auf der Couch Platz zu nehmen.

„Darf ich euch was zu trinken bringen?", schlüpfte sie gleich in die Rolle der aufmerksamen Gastgeberin. „Es ist noch was da von meinem selbst gemachten Rhabarbersaft."

Siggi winkte ab. „Vielleicht später. Wir müssen erst was loswerden. Ihr könnt euch denken, dass es einen besonderen Grund gibt, wenn wir um diese Zeit hierher kommen. Ich habe doch inzwischen gelernt, wie heilig der Sonntag in einem Pfarrhaus ist."

„Dann schieß auch bitte endlich mal los!", forderte Klara ihn ungeduldig auf.

„Okay ..." Siggi holte tief Luft und wandte sich zu dem Jungen hin: „Soll ich erzählen oder willst du?"

„Du ... bitte", kam es schüchtern über dessen Lippen.

„Wir sind ganz Ohr", drängte Klara wieder, sodass Siggi auch sofort begann: „Die Sache ist die: Heute früh vor dem Gottesdienst hat jemand Matthias abgefangen. Er wollte gerade über den Hof in die Kirche gehen, als ein großer, dunkel gekleideter Mann auf ihn zukam. Er habe ein Problem, sagte er, und Matthias könne ihm dabei helfen, es zu lösen. Der Junge wollte schon weglaufen, als der Mann ihm sagte, dass sein Problem mit dem Gottesdienst zu tun habe und dass sich Pfarrer van Kerkhof ganz sicher über seine Hilfe freuen würde. Matthias wurde nun stutzig und hörte dem Fremden zu. Dieser erklärte ihm, dass die Haltbarkeit des Messweins, der in der Kirche stehe, schon längst abgelaufen sei. Der Mann wüsste das angeblich ganz genau, denn er käme von der Herstellerfirma. Das Ganze wäre ihm voll peinlich, aber er würde doch nicht wollen, dass der Pfarrer sich während der Messe den Magen verderben würde. Weil man aber jetzt so schnell keinen neuen Messwein zur Hand hätte und der Pfarrer natürlich auch nicht unbedingt von dem Missgeschick erfahren sollte – die Kirche wäre da sehr streng und würde sich gleich einen neuen Lieferanten suchen –, gäbe es nur eine Möglichkeit, um alle vor Schaden zu bewahren ..."

„Oh Gott, mir schwant Fürchterliches!" Klara schlug die Hände vor das Gesicht.

„Bitte weiter, Siggi", drängte nun der Pfarrer ungeduldig.

„Klara hat schon recht", sagte Siggi. „Es geht nämlich wirklich übel weiter: Der Mann erklärte Matthias, dass er ein Pulver habe, das in der Lage sei, mögliche Schadstoffe, die sich in dem Wein gebildet hätten, zu neutralisieren. Wenn er dieses Pulver nun unauffällig in das Messkännchen geben würde, aus dem er bei der Wandlung in den Kelch gieße, dann sei jegliche Gefahr, dass dem Pfarrer etwas geschehen könnte, abgewandt."

„Und das hast du dann auch getan!", sagte Klara in Richtung des Jungen. Sie war leichenblass.

„Das habe ich!" Der Junge begann zu weinen. „Ich konnte doch nicht wissen, dass ..." Der Rest des Satzes wurde von seinem Schluchzen erstickt. Siggi nahm ihn in den Arm: „Das konntest du auch nicht wissen, mein Armer!"

Während er den Jungen zu beruhigen versuchte, indem er ihm aufmunternd auf den Rücken klopfte, erzählte er weiter: „Der Mann gab Matthias also ein Tütchen mit Pulver und drückte ihm noch fünfzig Euro in die Hand für den großen Dienst, den er der Kirche damit erweisen würde. Matthias freute sich natürlich über das Geld. Er wird ja daheim sehr kurzgehalten, sodass er keine Sekunde daran dachte, es nicht anzunehmen. Der Mann ging dann und bat ihn noch, so unauffällig wie möglich vorzugehen. Das leere Tütchen sollte er später einfach wegwerfen." Siggi machte eine kleine Pause, nach der er schwer atmend ergänzte: „Ja, und all das hat er auch getan ..."

„Furchtbar, ganz furchtbar!" Klara barg dabei noch immer das Gesicht in beiden Händen. „Deshalb hattest du so einen roten Kopf in der Kirche!"

„Hast du dir denn gar nichts dabei gedacht?", fragte van Kerkhof den Jungen so behutsam wie möglich.

Der Junge schüttelte weinend den Kopf: „Nein, hab ich nicht. Hab ich wirklich nicht! Ich bin genauso blöd, wie die andern immer sagen!"

„Du bist nicht blöd, Matthias", sagte der Pfarrer. „Das hätte jeder andere wahrscheinlich genauso gemacht."

„Man hätte schon mal überlegen können!", meldete sich Klara nun wieder recht energisch zu Wort. „Das stinkt doch alles zum Himmel, was der Mann dir da erzählt hat!"

„Bitte trampeln Sie jetzt nicht noch auf dem Kind herum!“, konnte der Pfarrer nun nicht mehr an sich halten.

„Verzeihen Sie, Klara, aber das sehe ich auch so“, sagte Siggi. „Außerdem hat er seinen Fehler ja dann bemerkt – wenn auch zu spät. Willst du das jetzt selber erzählen?“

Matthias nickte und wischte sich die Tränen ab. „Als der Pater umfiel, da wusste ich ja noch nicht, was los war“, brachte er mit leisem Schluchzen hervor. „Aber als ich dann hörte, dass sie von dem Messwein sprachen und dass damit etwas nicht in Ordnung gewesen sei, da hab ich’s dann kapiert. .... Ich wollte erst nichts sagen, weil ich ja nun dachte ... dass ich jetzt ein Mörder bin. Ich will doch nicht ins Gefängnis ... wie mein Vater mal vor ein paar Jahren. Dann ist mir Siggi eingefallen, weil ich mit dem auf Freizeit war und der total nett ist ... da hab ich den bei WhatsApp angeschrieben, und der hatte auch Zeit ...“

„Zu Hause wagte er wohl nicht, sich jemandem anzuvertrauen“, ergänzte Siggi, „und da ist er halt auf mich gekommen.“

Der Junge griff in die Hosentasche und holte einen Geldschein hervor. „Hier sind die fünfzig Euro. Die sollen für das Begräbnis vom Pater sein.“

Klara schossen die Tränen in die Augen. Sie konnte nicht anders, als aufzustehen, zu Matthias zu gehen und ihn kräftig an sich zu drücken. „Du bist mir schon einer“, sagte sie nur, während sie ihm über den Kopf strich. Ganz offensichtlich tat das dem Jungen gut. Jetzt lächelte er sogar ein wenig. Van Kerkhof betrachtete die Szene gerührt: Dies war einer der Momente, in denen er wieder einmal wusste, warum er es seit so vielen Jahren mit der sicher nicht immer einfachen Klara aushielt.

Der Erste, der sich wieder gefasst hatte, war Siggi: „Wie gehen wir jetzt vor? Es ist wohl klar, dass wir die Polizei informieren?“

„Natürlich müssen wir das“, stimmte ihm der Pfarrer zu.

„Ich denke, du kannst den Mann beschreiben?", wandte sich Siggi an den Jungen.

Matthias nickte: „Der war ziemlich groß, hatte schwarze Sachen an und auf dem Kopf einen großen schwarzen Hut."

„Kannst du dich auch an das Gesicht erinnern? Gab es da vielleicht etwas Besonderes?"

„Ich weiß nicht", antwortete Matthias. „Eigentlich nicht. Er hat auch nicht irgendwie böse geguckt oder so."

„Das wird die Polizei sicher ziemlich genau wissen wollen", sagte Siggi. „Versuch einfach, dir bis dahin das Gesicht genau vor Augen zu führen."

„Hatte er vielleicht einen Bart ... oder eine Brille?", mischte sich Klara in die Befragung ein.

Matthias schüttelte den Kopf. „Nein, gar nichts. Ich habe ihn ja auch nicht so genau angeschaut. Er stand doch so nah neben mir. Ich wollte ihn nur loswerden und habe meistens woandershin gesehen. Aber einen Bart oder eine Brille hatte er ganz bestimmt nicht."

„Wenn die Polizei mit dir ein Phantombild erstellt, dann werden schon noch einige Details ans Licht kommen", sagte Siggi, der sich plötzlich an den Kopf schlug: „Aber halt, mir fällt gerade noch was anderes ein: Hattest du nicht etwas von einem Tütchen gesagt? Wohin hast du das getan, nachdem du das Pulver in den Wein geschüttet hast? Du hattest ja dein Messdienergewand an. Und das hat – soviel ich weiß – keine Taschen."

„Das Tütchen müsste ich eigentlich noch haben." Matthias kramte in seiner Hosentasche. „Ich habe gar nicht mehr daran gedacht." Dann wurde er auch schon fündig und legte ein winziges, durchsichtiges Plastiktütchen auf den Tisch. „Hier, das ist es!" Klara wollte sofort danach greifen.

„Bitte nicht", hielt Siggi sie zurück. „Es sind vielleicht noch Fingerabdrücke des Mörders daran."

Klara widersprach ausnahmsweise einmal nicht und beugte sich nur vor, um das Tütchen genau ins Visier zu nehmen.

Auch der Pfarrer inspizierte es aufmerksam. „Das müssen wir behandeln wie ein rohes Ei. So heißt es doch im Deutschen, oder?“

Klara nickte: „Sie lernen es schon noch.“

Van Kerkhof schmunzelte nur und wandte sich dafür wieder an Matthias: „Hattest du das Tütchen denn die ganz Zeit in der Hand? Herr Kroll hat schließlich Recht, wenn er sagt, dass du es nicht in deinem Gewand verstauen konntest.“

Der Junge nickte. „Das stimmt. Ich habe es irgendwann hinter das Polster meines Sitzes geklemmt. Später habe ich es dann wieder dort rausgeholt und eingesteckt. Das war, als die Polizei schon da war.“

„Dir kam also da schon der Gedanke, dass mit dem Pulver etwas nicht stimmte?“

„So ein bisschen“, sagte Matthias leise. „Jedenfalls wollte ich das Tütchen doch besser nicht wegwerfen, wie der Mann mir gesagt hatte, und es mir erst mal genauer ansehen.“

„Du hattest immer noch die Hoffnung, dass du dich vielleicht irren könntest?“

Der Junge beantwortete Siggis Frage mit einem stummen Nicken.

„Das ist völlig menschlich und absolut verständlich“, sagte der Mann mit den Rastazöpfen und klopfte Matthias die Schulter.

Klara hingegen war plötzlich sehr aufgeregt. „Du hast aber doch nichts von dem Zeug in den Mund genommen? Ich meine, da steckt man schnell mal den Finger rein und leckt ihn ab, um zu sehen, wie das schmeckt.“

„Das stimmt“, kam prompt die überraschende Antwort von Matthias. „Eigentlich wollte ich das auch wirklich machen. Im Fernsehen machen sie das ja auch immer, wenn sie Drogen finden. Aber dann, als die Polizei sagte, dass der Pater vergiftet wurde, da habe ich Angst gekriegt und das Tütchen ganz tief in meiner Tasche verstaut.“

„Das war auch gut so“, sagte Klara erleichtert und sah mit gewichtiger Miene in die Runde. „Wir sollten das genauso machen. Keiner fasst die Tüte an. Das ist ein Beweisstück. Vor allem Sie, Herr Pfarrer, lassen Ihre vorwitzigen Finger bei sich!“

„Wer wollte das Tütchen denn eben anfassen?“, wehrte sich der. „Etwa ich? Sie haben doch danach gegriffen!“

„Das habe ich doch nur getan, um Sie vor sich selbst zu schützen.“

Van Kerkhof blieb angesichts von so viel Dreistigkeit die Spucke weg, doch Klara wäre nicht Klara gewesen, wenn sie es nur bei dieser Bemerkung belassen hätte.

„Man muss auf den Mann aufpassen wie ein Wachhund“, sagte sie zu Siggi. „Kaum lasse ich ihn mal aus den Augen, macht er schon wieder Dummheiten. Das weißt du inzwischen ja auch.“

Siegfried Kroll, der sonst nie um eine Antwort verlegen war, quittierte die Äußerung zunächst nur mit einem staunenden Blick und es dauerte einen Moment, bis ihm eine diplomatische Entgegnung einfiel. „Es gibt doch nichts Schöneres, als wenn jemand so besorgt um einen ist, nicht wahr Willem?“

Der Pfarrer sah sehr wohl, wie Siggi ihm dabei zuzwinkerte, und antwortete: „Ich bin wirklich ungemein dankbar dafür. Andere haben ihren Schutzengel im Himmel, ich habe ihn bereits hier auf Erden in der Person meiner lieben Haushälterin neben mir sitzen.“

Ein wenig verlegen erhob sich Klara. „Jetzt können wir aber alle ein Glas Rhabarbersaft gebrauchen, und ich verspreche: Der ist völlig unvergiftet.“

14.

Die Ereignisse vom Sonntag waren am Morgen danach natürlich auch Thema beim Frühstück. „Ich habe diese Nacht schon wieder nicht geschlafen, Herr Pfarrer“, sagte Klara und legte sich auffällig eine große Tablette zurecht.

„Ich sehe, die Sache ist Ihnen auf den Magen geschlagen“, tat van Kerkhof ihr den Gefallen, darauf einzugehen.

„Mein Sodbrennen! Immer, wenn ich mich aufrege, ist es wieder da.“

„Dann hoffen wir mal, dass die Tablette hilft“, sagte der Pfarrer, während er hastig in der Zeitung blätterte. „Noch scheinen sie nichts geschrieben zu haben“, sagte er, als er damit durch war.

„So schnell sind die nicht“, meinte Klara. „Ist ja erst gestern passiert.“

„Ich dachte, bei einem Mord hätten sie es etwas eiliger.“

„Der Mörder wird auch so erfahren haben, dass er den Falschen erwischt hat.“

„Vermutlich haben Sie recht ...“

„Und dann kann er sich den nächsten Anschlag ausdenken, und Sie, Herr Pfarrer, Sie sitzen hier und lesen in aller Ruhe Zeitung.“

„Mir wird schon nichts geschehen, ich habe doch schließlich einen Schutzengel!“ Van Kerkhof gab sich dieses Mal keine Mühe, sein Grinsen zu verbergen.

„Nun fangen Sie nicht schon wieder damit an! Auf den Arm nehmen kann ich mich selber!“ Da der Pfarrer nichts entgegnete, war klar, dass er seine Äußerung genau so gemeint hatte.

Klara spülte die Tablette mit einem Glas Wasser hinunter und lehnte sich zurück. „Ich musste die ganze Nacht an den armen Jungen denken. Wie der geweint hat, als Herr Hartwichs mit seinen Leuten kam ...“

„Mir hat er auch sehr leid getan", pflichtete ihr van Kerkhof bei.

„Ob er jetzt Ärger daheim bekommt?", fragte Klara besorgt.

„Ach was, die scheinen sich dort nicht allzu sehr für ihn zu interessieren. Siggi hat mir so einiges erzählt. Die Eltern haben genug mit sich und ihren Problemen zu tun. Keine Arbeit, kein Geld ... Drunter und drüber geht es dort."

„So ein armer Junge. Gibt sich Mühe und will es jedem recht machen, und dann noch das ..."

„Es gibt solche Kinder, da möchte man meinen, sie seien ohne Schutzengel auf die Welt gekommen ..."

Klara sah ihren Chef unsicher an. „Ich hoffe, das war nicht schon wieder ironisch gemeint?"

„In diesem Fall ganz und gar nicht. Es ist nur schön, dass es solche Menschen wie Siggi Kroll gibt. Er hat schließlich versprochen, dass er sich dem Jungen verstärkt annehmen will."

„Ja, ist ein feiner Kerl, unser Siggi. Da könnten Sie sich eine Scheibe von abschneiden!"

„Ich danke ganz herzlich!" Van Kerkhof machte Anstalten, aufzustehen.

„Nun seien Sie doch nicht gleich wieder beleidigt. Ich habe das doch nicht so gemeint!"

„Das weiß ich, aber ich wollte sowieso gehen."

„Wohin denn? Sie haben doch heute Ihren freien Tag!"

„Deshalb ja."

„Das versteh ich aber jetzt nicht ...", verfiel Klara in einen Jammerton.

Im Grunde genoss van Kerkhof dieses alberne Wortspiel, wusste er doch, dass ihrer beider Nervenkostüm bis aufs Äußerste strapaziert war. Er machte es sich noch einmal in seinem Stuhl bequem und klärte seine Haushälterin dann auf: „Nun, bis eben zumindest hatte ich vor, dass wir beide uns heute einmal ein wenig von den Ereignissen erholen und etwas Schönes unternehmen. Aber nun weiß ich nicht mehr, ob ich das vielleicht nicht doch lieber alleine tun sollte ... Sie scheinen ja keine besonders hohe Meinung von mir zu haben."

Klara schlug die Hände über dem Kopf zusammen. „Mein Gott, da sagt man einmal im Leben was, das vielleicht nicht ganz so gut passt. Ich habe das mit der Bemerkung zu Siggi doch nicht so gemeint. Er ist halt nur so ganz anders als Sie, nicht so ... "

„Ja, bitte?" Der Pfarrer tat, als lausche er angespannt auf das Wort, das ihr auf den Lippen lag.

„Nicht so steif eben ... Der kann mit jungen Leuten umgehen."

„Es gab Zeiten, da hat Ihnen seine Art überhaupt nicht gefallen ..."

„Das mag ja sein. Aber ich kann ja auch noch dazulernen. Und im Gegensatz zu Ihnen habe ich die Gabe, einzusehen, wenn ich etwas falsch gemacht habe!"

„Ach ja?", staunte der Pfarrer.

„Natürlich. Und deshalb möchte ich mich jetzt in aller Form bei Ihnen entschuldigen!"

„Es geschehen noch Zeichen und Wunder ..."

„Da sehen Sie mal", sagte Klara spitz, „sage ich nicht immer, der Mensch soll an Wunder glauben, dann geschehen sie auch?" Damit betrachtete sie die Sache als erledigt und konnte deshalb ihrer Neugierde freien Lauf lassen. „Nun sagen Sie schon: Was haben Sie sich denn für heute ausgedacht?"

Der Pfarrer brachte sich in eine angemessene Position, wobei er sich viel Zeit ließ, für Klara zu viel. „Nun sagen Sie doch schon und rekeln Sie sich nicht so auf Ihrem Stuhl herum!"

Van Kerkhof genoss es, sie auf die Folter zu spannen: „Ich weiß ja gar nicht, ob Sie dazu Lust haben ..."

„Nun endlich raus mit der Sprache. Dann wissen Sie es ja!" Klara platzte fast vor Ungeduld.

„Nun, bevor wir hier zu Hause herumsitzen ... Bei uns sagt man: *Een vliegende vogel heeft altijd meer dan een zittende ...*"

„Ein fliegender Vogel hat immer mehr als ein sitzender“, unterbrach ihn Klara ungeduldig. „So viel Holländisch habe ich bei Ihnen schon gelernt. Und was soll das nun bedeuten?“

„Nun, ich dachte, wir zwei könnten ausfliegen, eine Spritztour unternehmen ...“, wurde sie endlich erlöst.

„Etwa mit den Rädern?“, brauste Klara sofort auf. „Im Winter? Kommt gar nicht in Frage. Außerdem viel zu gefährlich. Da kann der Mörder doch überall auf Sie schießen!“

„Nicht mit dem Fahrrad“, sagte van Kerkhof ruhig. „Ich dachte an eine Spritztour mit dem Auto.“

Klara überlegte einen Moment: „Das hört sich nicht schlecht an. Und im Auto wären wir sicher? Ich meine, denken Sie an die Kennedys ...“

„Bei denen wusste der Mörder, wann sie wo sein würden. Wir hingegen machen eine Fahrt ins Blaue. Da sehen Sie, ich habe an alles gedacht.“

„Nun ja, ins Graue trifft es in der Jahreszeit wohl eher. Und wohin, bitte schön, soll es gehen?“

„Ich dachte, wir könnten ein wenig an der Lahn entlangfahren. Richtung Nassau. Da gehen wir dann irgendwo essen, sodass Sie heute auch nicht kochen müssen.“

„Hm“, Klara kratzte sich an der Nase, „da hatten Sie wirklich schon schlechtere Ideen. Ich weiß aber nicht, ob ich überhaupt was essen kann. Sie wissen ja ... mein Magen.“

„Bis dahin sind es ja noch ein paar Stunden. Und gerade eben haben Sie ja auch was gegessen.“

„Nur weil es reinmusste. Essen hält Leib und Seele zusammen.“

„Also abgemacht?“ Der Pfarrer faltete seine Serviette zusammen und stand auf. „Sind Sie in einer halben Stunde reisefertig?“

„Das müsste ich schaffen.“ Dass Klara sich so schnell mit seiner Idee anfreundete, zeigte van Kerkhof, dass er damit wirklich einen Nerv getroffen hatte. Die untere Lahn hatte es seiner Haushälterin schon immer angetan, und ihm selbst ging es da nicht anders. Außerdem war es schon lange her, dass sie in dieser Richtung unterwegs gewesen waren.

Zum verabredeten Zeitpunkt stand Klara dann in ihrem Sonntagskostüm im Flur. Zu Ihrer Überraschung kam der Pfarrer nicht die Treppe herunter, sondern durch die Haustür.

„Jetzt haben Sie mich aber erschreckt! Wo waren Sie denn?"

„Ich war nur tanken!"

„Aber das ist doch viel zu gefährlich!"

„Wir können ja schlecht ohne Benzin fahren, und die Tankstelle ist doch gleich um die Ecke."

„Trotzdem ..."

„Ach was", wischte der Pfarrer Klaras Einwand zur Seite. „Sie sehen doch: Ich lebe noch!"

„Fragt sich nur, wie lange ..."

„So lange, wie es der liebe Gott will."

Kurz darauf saßen sie im alten klapprigen Wagen des Pfarrers, der sich mit unzähligen anderen Fahrzeugen seinen Weg über die viel befahrene Limburger „Schiede" suchte. Klara schimpfte über den starken Verkehr, während van Kerkhof sich doch schon sehr am Steuer konzentrieren musste. Er merkte, wie ihn die kurze Strecke durch Limburg anstrengte, und war erleichtert, als er endlich die „Diezer Straße" erreicht hatte. Ganz allmählich ging es jetzt etwas schneller voran und das Krankenhaus auf der rechten Seite geriet bald außer Sichtweite. Als sie das benachbarte Diez hinter sich gelassen hatten und auf die weniger befahrene Straße entlang der Lahn kamen, atmete van Kerkhof erleichtert durch.

Auch Klara entspannte sich jetzt.

„Ach, ist das einmal schön hier!", rief sie glücklich und sah sich nach allen Seiten um. „Links die Lahn, rechts die Hügel! Und dieses Balduinstein, durch das wir gerade gekommen sind, ist einfach ein herrlicher Ort!"

„Es war Fachingen“, warf der Pfarrer ein.

„Unsinn, ich werde ja wohl noch Balduinstein und Fachingen auseinanderhalten können!“

„Auch wenn ich Ihnen ungern widerspreche, meine Liebe, aber hat man irgendwo eine Burg gesehen? Balduinstein hat aber eine, Fachingen nicht.“

„Nur weil Sie keine Burg gesehen haben, heißt das noch lange nicht, dass das gerade nicht Balduinstein war!“

„Wir werden es ja sehen“, sagte der Pfarrer. „Ich muss mich aber jetzt auf das Fahren konzentrieren, der Wagen hinter uns fährt verdammt dicht auf!“

„Bitte nicht fluchen, Herr Pfarrer!“

„Wenn es doch so ist! Der klebt ja fast an unserer Stoßstange!“

Klara drehte sich um und gestikulierte wild: „Vielleicht versteht er das. Diese jungen Leute haben heute alle keine Zeit mehr!“

Van Kerkhof sah wieder in den Rückspiegel: „Nein, er versteht nicht!“

„Egal, nun gucken Sie vor sich. Sonst bauen wir noch einen Unfall!“

„Ich passe schon auf. Aber der Typ macht mich ganz nervös!“

„Ich habe Ihnen ja schon so oft gesagt: Das Autofahren ist nichts mehr für Sie!“

„Nun seien Sie schon still!“ Der Pfarrer wurde lauter, als er das beabsichtigt hatte. „Sehen Sie nicht, was der für Manöver ausführt? Setzt zum Überholen an, dann schert er wieder ein und klebt an uns!“

„Vielleicht halten Sie einfach mal an und lassen ihn vorbei?“

„Wo denn? Ich sehe hier nirgends eine Möglichkeit. Da müssen wir erst den nächsten Ort abwarten.“

Klara wurde jetzt ebenfalls von der Nervosität des Pfarrer angesteckt und sah immer wieder nach hinten. „Was will der denn nur von uns?“

„Nichts", entgegnete van Kerkhof. „Ist halt einfach nur ein Idiot!"

„Ich bitte doch sehr, Herr Pfarrer!"

Zum Glück ging der Fahrer hinter ihnen jetzt auf Abstand, und die beiden konnten den Ausflug für die nächsten Minuten einigermaßen genießen. Natürlich konnte Klara das nicht leise tun, sondern gab immer wieder ihre Kommentare zur Landschaft ab, die sie so sehr faszinierte.

Dann kam auch schon der nächste Ort. „Lesen Sie doch bitte, was da auf dem Schild steht!", forderte der Pfarrer sie auf.

„Balduinstein!", sagte Klara.

„Und? Wer hat nun recht?"

„Inwiefern?", fragte Klara spitz.

„Sie haben doch eben behauptet, dass das da hinten schon Balduinstein war."

„Habe ich das? Und wenn schon." Klara schüttelte den Kopf: „Sie immer mit Ihren kleinlichen Streitereien. Genießen Sie lieber die Aussicht! Sehen Sie doch, diese schöne Burg!"

Der Pfarrer schenkte sich eine Antwort und steuerte den Wagen von der Hauptstraße weg in eine Gasse.

„Was wollen Sie hier? Wollen wir etwa schon aussteigen?"

„Das nicht. Ich möchte nur einen Moment warten, bis der Drängler hinter uns vorbeigefahren ist."

„Gar nicht mal so dumm", lobte Klara, der plötzlich etwas einfiel: „Haben Sie eigentlich Ihr Handy dabei? Ich habe ja keines, und wenn die Polizei uns erreichen will ... Vielleicht wissen die mittlerweile was wegen der Fingerabdrücke."

„Daran habe ich auch schon gedacht. Das Handy ist hier in meiner Tasche!" Er griff dabei mit der Hand an die Jacke.

„Und, ist es wirklich da?"

„Sie können mir ruhig mal trauen, meine Liebe!"

Als der Pfarrer meinte, dass nun genug Zeit vergangen war, lenkte er den Wagen wieder in Richtung Hauptstraße. „Ich schlage vor, wir fahren bis Geilnau und vertreten uns da ein wenig die Beine."

„Von mir aus", sagte Klara. „Aber hier in Balduinstein würde ich auf der Rückfahrt auch gerne einmal aussteigen."

„Da habe ich nichts dagegen, wir haben ja Zeit!"

Es wurde eine ausgesprochen harmonische Stunde, die Klara und van Kerkhof in dem kleinen Ort an der Lahnschleife „Cramberger Bogen" verbrachten. Selbst der Wettergott spielte mit, denn es blieb trotz der fortgeschrittenen Jahreszeit einigermaßen trocken, als die beiden an der Lahn entlangpromenierten.

Sie erzählten von alten Zeiten und der Mordfall vom Vortag spielte nur am Rande eine Rolle. Dann aber ging es natürlich vor allem um den getöteten Pater – und Klara beichtete dem Pfarrer sogar, dass sie von diesem nicht besonders angetan gewesen war. Der Pfarrer versuchte, so behutsam wie möglich darauf einzugehen: „Für die sprachlichen Probleme, da konnte er nichts. Aber er war trotz seiner Jugend halt einer vom alten Schlag. Nur brauchen die Menschen heute etwas anderes: Sie müssen da abgeholt werden, wo sie stehen. Wir leben nun einmal im 21. Jahrhundert."

Da Klara froh war über so viel Verständnis, verkniff sie sich ausnahmsweise einen Kommentar. Ihrer Meinung nach konnte ein Geistlicher in diesen verdorbenen Zeiten nämlich gar nicht konservativ genug sein, und wenn sie ehrlich war, so war es tatsächlich nur die Aussprache des Paters gewesen, die ihr auf die Nerven gegangen war.

Als es zu nieseln begann, schlug der Pfarrer vor, die Rückfahrt anzutreten. Klara stimmte dem zu, erinnerte aber noch einmal an die versprochene Pause in Balduinstein.

„Jetzt habe ich die Lahn auf der rechten Seite!" Klara zeigte begeistert auf den Fluss: „Wie nahe sie ist! Und sehen Sie doch mal, da fahren sogar welche mit ihren Kanus. Um diese Zeit ist das doch viel zu kalt!"

„Ich muss mich leider auf das Fahren konzentrieren. Bei den vielen Kurven muss man aufpassen, sonst landen wir noch im Wasser!“

„Ich kann schwimmen“, lachte Klara. „Und Sie ja auch!“

„Wir Holländer können alle schwimmen“, gab der Pfarrer lächelnd zurück.

Den Satz: „Wenn sie sonst schon nichts können“ schluckte Klara gerade noch rechtzeitig hinunter. Sie wollte die Harmonie keinesfalls trüben.

Dann war es vom einen auf den anderen Moment vorbei mit der Beschaulichkeit.

„Er ist wieder da!“ Van Kerkhofs Stimme klang sehr aufgeregt.

„Wer?“

„Dieser Idiot von eben!“

Klara drehte sich um und sah tatsächlich das Auto von vorhin an ihrer Stoßstange kleben. „Was will der nur von uns?“, rief sie aufgeregt. „Der soll uns in Ruhe lassen!“

„Tut er aber nicht. Er fährt noch dichter auf als eben!“

Eine Sekunde später setzte der Wagen zum Überholen an.

„Gott sei Dank! Jetzt sind wir ihn los!“ Klaras Erleichterung sollte aber nicht lange anhalten. Zwar scherte der Fahrer auf einem halbwegs geraden Stück Straße nach links aus, doch drosselte er dann das Tempo und fuhr nun unmittelbar neben ihnen.

„Was willst du, Junge?“, rief nun auch Pfarrer van Kerkhof.

„Erkennen Sie, wer da drinsitzt? Ich sehe nur einen dunklen Schatten.“

„Ich kann mich jetzt nicht umdrehen, Klara!“

Plötzlich kam der Wagen immer näher, bis er auf gleicher Höhe wie der alte Kastenwagen fuhr. „Der will uns von der Straße abdrängen!“, schrie van Kerkhof und verfiel darauf in seine Muttersprache: *„Wat in hemelsnaam kunnen we doen?“*

„Irgendwas, in Himmels Namen! Nun tun Sie doch was!", brüllte Klara, und in diesem Moment spürten sie auch schon den Schlag: Der Fremde hatte sie seitlich gerammt, und ihr Auto geriet ins Schleudern. Vor ihnen tauchte plötzlich ein Lkw auf. Unmittelbar davor zog der andere Wagen wieder auf die rechte Seite und verschwand hinter der nächsten Kurve. Van Kerkhof aber hatte alle Mühe, sein altes Auto in der Spur zu halten. Klara schrie noch immer, und sie sah sich schon in der Lahn, die der Straße hier sehr nahe war. Dann aber hatte van Kerkhof es geschafft! Er bremste langsam ab und brachte ihren Wagen zum Stehen. Sogleich schaltete er die Warnblinkanlage an und drehte sich zu seiner Haushälterin um: „Alles in Ordnung, Klara!"

„Das ... war ein Mordanschlag", brachte diese am ganzen Leib zitternd hervor.

„Das ist so!", antwortete der Pfarrer mit schwacher Stimme. „Ich werde jetzt die Polizei anrufen!" Er merkte, wie sehr seine Hand zitterte, als er in seine Jacke griff.

„Das war der Teufel", stammelte Klara neben ihm nur. „Das war der leibhaftige Teufel!" Dann fiel sie in Ohnmacht.

15.

Im Wohnzimmer des Pfarrhauses hatten sich gleich mehrere Polizeibeamte versammelt. Klara lag auf der Couch und stand noch immer unter Schock. Besorgt wischte van Kerkhof ihr mit einem feuchten Tuch über die Stirn. Unter normalen Umständen hätte Klara sich dies niemals gefallen lassen, so aber machte sie keinerlei Anstalten, sich zu wehren.

„Frau Schrupp ist noch total verwirrt. Ihr Gerede vom Teufel ist nun nichts, womit wir etwas anfangen können", sagte Kommissar Hartwichs in Richtung des Pfarrers. „Haben Sie vielleicht eine Beobachtung gemacht, die uns helfen könnte, das Fahrzeug zu identifizieren? Erinnern Sie sich an das Kennzeichen?"

„Dafür war das Auto zu dicht an uns, das konnte man nicht erkennen!", antwortete der Pfarrer kopfschüttelnd.

„Aber irgendetwas muss Ihnen doch aufgefallen sein?"

„Ist es ja auch", meldete sich Klara jetzt plötzlich mit relativ klarer Stimme zu Wort. „Der Teufel ... das ist nicht nur so ein Gerede von mir!"

„Das müssen Sie mir genauer erklären!", forderte Hartwichs sie auf.

„Nun, hinten im Auto, da war der Teufel!"

„Natürlich. Auf dem Rücksitz des Wagens fuhr der Teufel mit", sagte Hartwichs genervt.

Klara setzte sich auf und wehrte dabei energisch die helfende Hand des Pfarrers ab: „Nun lassen Sie doch Ihre Finger bei sich!" Als van Kerkhof sich betreten zurückgezogen hatte, erklärte sie mit fester Stimme: „Der Teufel war natürlich nicht auf dem Rücksitz, sondern hinten auf der Ablage. Da wo andere so einen Hund sitzen haben, der mit dem Kopf wackelt, da hatte der einen kleinen Teufel, und der nickte mir ständig zu!"

Kommissar Hartwichs schlug sich an die Stirn. „Jetzt verstehe ich, liebe Frau Schrupp, jetzt verstehe ich!"

„Ja, was denken Sie denn von mir?“ Klara war jetzt wieder ganz die Alte. „Glauben Sie etwa, ich bin verkalkt? Wenn ich sage, dass da der Teufel war, dann war das auch so! Und wenn ich sage, dass Sie mich Fräulein nennen sollen, dann ist auch das so! Wer ist hier also der Vergessliche?“

„Haben Sie die Figur auch gesehen?“, überging Hartwichs Klaras letzte Bemerkung und drehte sich zum Pfarrer.

Der schüttelte den Kopf: „Ich war viel zu sehr damit beschäftigt, das Auto auf der Straße zu halten.“

„Verstehe, dann müssen wir uns also allein auf die Aussage von Frau ... Fräulein Schrupp verlassen!“

„Das können Sie auch, Herr Kommissar. Da war ganz bestimmt dieser Teufel.“

„Ist natürlich wenig für uns, aber immerhin etwas.“

„Es wird schon nicht so viele Leute geben, die so ein Ding hinten im Auto stehen haben.“

„Ja, aber wenn wir wenigstens die Marke hätten. Versuchen Sie sich doch bitte beide zu erinnern. Bis jetzt haben Sie nur gesagt, dass es ein großes Auto war.“

Der Pfarrer wollte gerade etwas sagen, wurde aber von Klara unterbrochen: „Ja, es war ein großes Auto. Schwarz, wie der Mann, der darin saß ... und wie der Teufel.“

„Der Mann im Auto war schwarz gekleidet, können Sie das bestätigen?“

„Sie müssen sich nicht immer vom Pfarrer bestätigen lassen, was ich gesagt habe“, fuhr Klara den Polizeibeamten beleidigt an. „Sie müssten doch inzwischen kapiert haben, dass ich viel mehr gesehen habe als er. Der Pfarrer hat ja nicht mal was von dem Teufel mitbekommen!“

„Hätten Sie am Steuer gesessen, hätten Sie das auch nicht“, wehrte sich van Kerkhof.

„Ach was!“ Klara machte eine abschätzige Handbewegung. „Sie laufen ja immer mit geschlossenen Augen durch die Welt.“

„Vielleicht lassen wir die Diskussion an dieser Stelle“, wies Hartwichs sie vorsichtig zurecht. „Mir wäre wirklich wichtig, dass ich irgendeinen Hinweis auf die Automarke bekomme.“

Der Pfarrer schüttelte abermals den Kopf: „Ich kann es wirklich nicht sagen. Vielleicht ein Audi oder ein VW. Könnte aber auch genauso gut ein Volvo oder ein Mercedes gewesen sein.“

„Ich kann dazu auch nichts sagen“, ergänzte Klara ihrerseits. „Mit Autos kenne ich mich nicht aus. Ich habe ja nicht mal einen Führerschein.“

„Schade, aber im Moment nicht zu ändern“, sagte Hartwichs. „Vielleicht fällt Ihnen ja noch was ein.“

„Mal etwas anderes, Herr Kommissar.“ Klara auf ihrem dicken Kissen hob das Kinn an. „Was ist eigentlich mit den Fingerabdrücken auf dem Tütchen? Sind Sie da fündig geworden?“

Hartwichs nickte. „Sind wir, liebes Fräulein Schrupp. Natürlich waren da sehr viele Abdrücke von Matthias drauf, aber schließlich konnten wir auch einen fremden Abdruck sichern. Leider ist dieser nicht in unserer Datenbank registriert!“

„Und das heißt?“

„Das heißt, dass der Täter bisher noch nicht polizeilich in Erscheinung getreten ist.“

„Damit ist sein Fingerabdruck für Sie völlig nutzlos?“, wollte van Kerkhof wissen.

„Das nicht unbedingt. Wenn wir einen Tatverdächtigen hätten, könnten wir ihm damit natürlich nachweisen, dass er derjenige ist, den wir suchen.“

„Dann machen Sie mal schleunigst hin, dass Sie einen finden!“

„Wir tun unser Bestes, Fr...äulein Schrupp!“

„Das war ja bis jetzt offenbar nicht genug! Na, wenigstens sitzt das mit dem Fräulein jetzt bei Ihnen.“

„Bitte, liebe Klara“, versuchte der Pfarrer mäßigend auf sie einzuwirken. „Die Polizei gibt sich doch wirklich alle Mühe, den Täter zu finden.“

„Aber Sie sehen doch, dass immer etwas Neues passiert! Wir könnten jetzt beide tot sein!“ Klara machte dabei eine verzweifelte Handbewegung.

„Ich verstehe Ihre Aufregung gut. Und ab jetzt werden wir zwei Beamte zu Ihrer Sicherheit abstellen. Die werden Sie rund um die Uhr vor Ihrem Haus bewachen!“

„Das wurde auch höchste Zeit!“

Van Kerkhof war da anderer Ansicht als seine Haushälterin: „Muss das wirklich sein, Herr Hartwichs? Wir sind ein offenes Haus. Jeder soll jederzeit mit seinen Sorgen und Nöten zu uns kommen können. Und wenn jetzt zwei Polizeibeamte vor dem Pfarrhaus stehen, was macht das für einen Eindruck auf die Menschen?“

„Es geht leider nicht anders, Herr Pfarrer!“

„Da haben Sie's doch gehört“, zischte Klara ihren Chef an. „Und nun lassen Sie doch die Polizei ihre Arbeit tun.“

„Ich werde die Kollegen anweisen, sich so unauffällig wie möglich zu verhalten“, versuchte der Kommissar den Pfarrer zu beruhigen.

Van Kerkhof seufzte. „Mir ist schon klar, dass ich mich letztlich fügen muss.“

„Dann machen Sie das auch!“, setzte Klara nach. „Die Polizei weiß schon, was sie tut!“

Da van Kerkhof keine Einwände mehr erhob, war der Polizeischutz damit beschlossene Sache. Der Kommissar stellte noch einige Fragen zum genauen Hergang des Anschlags, wobei ihm Klara und der Pfarrer bereitwillig Auskunft gaben. Natürlich ließ sie auch nicht aus, dass der Wagen sie bereits auf der Hinfahrt verfolgt hatte und dass sie eigentlich gedacht hatten, ihn in Balduinstein abgeschüttelt zu haben.

„Der hatte sich wirklich etwas vorgenommen für heute“, fasste van Kerkhof zusammen.

„Das kann man so sagen“, pflichtete Hartwichs ihm bei. „Man hat das Empfinden, dass der Druck auf ihn nach dem falschen Mord in der Kirche größer geworden ist. Er will nur noch seine Mission erfüllen. Und genau das scheint mir eine Chance zu sein ..."

„Wie? Chance?" Klara sah ihn ratlos an.

„Nun, die Chance ist, dass er unvorsichtiger wird. Dass er jetzt sein Ziel mit der Brechstange erreichen will, dass er Fehler macht und dann ...", der Kommissar klatschte in die Hände, „... dann haben wir ihn!"

„Ihr Wort in Gottes Ohr!", erwiderte Klara zweifelnd.

„Lassen Sie uns mal nur machen", sagte Hartwichs. „Ich bin zuversichtlich, dass die Sache auf ein Ende zusteuert."

„Fragt sich nur, welches? Ich hatte eigentlich vor, meinen Lebensabend in einem gemütlichen Limburger Seniorenheim zu verbringen."

„Da machen Sie sich mal keine Sorgen, Fräulein Schrupp", lachte der Kommissar. Dann stand er auf, um sich zu verabschieden. „Aber um eines Tages das Seniorenheim genießen zu können, müssen Sie bei guter Gesundheit sein. Deshalb sollten Sie sich jetzt auf alle Fälle Ruhe gönnen. Schonen Sie sich und verlassen Sie sich auf uns. Wie Sie bereits richtig sagten: Die Polizei weiß schon, was sie tut!"

„Habe ich das gesagt?"

„Das haben Sie", beantwortete der Pfarrer ihre Frage schmunzelnd.

Als sie später alleine im Wohnzimmer saßen und alles noch einmal Revue passieren ließen, fragte van Kerkhof vorsichtig: „Wie war das neulich mit unserer Nachbarin von gegenüber?"

„Was meinen Sie?" Klara fielen in Anbetracht der letzten zwei schlaflosen Nächte und dieses erneut aufregenden Tages die Augen zu. Sie hob die Brauen und blinzelte den Pfarrer an. „Na, was denn nun?", wiederholte sie schlaftrunken.

„Sagte die nicht, sie hätte ein paar Mal einen schwarzen Wagen vor unserem Haus gesehen, und hinten drin etwas ... Moment, gleich hab ich's wieder ..., etwas Erschreckendes?

Sie hatten davon nichts hören wollen, Klara. Sie haben abgewinkt und zu Hartwichs gesagt, unsere Nachbarin würde Gespenster sehen und Sie wüssten, was sie gesehen hätte."

Klaras übergeschlagenes Bein schnellte nach vorn, und kurz darauf saß sie kerzengerade in den Sofapolstern. Van Kerkhof wusste, dass er ins Schwarze getroffen hatte. „Also, was hatte das zu bedeuten, Klara? Raus damit! Tut mir leid, aber jetzt benutze ich einmal Ihre Sprache."

„Na, das war ... da dachte ich noch, es wäre der schwarze Wagen gewesen, der ein paar Mal bei uns vorbeigefahren ist, mit Hedelinde hinten drin." Es war Klara spürbar schwer gefallen, das zuzugeben. „Das hat mich halt geärgert." Ihr Bein begann zu wippen und sie sah am Pfarrer vorbei. „Sie wissen ja, warum."

Van Kerkhof nickte. „Sicher, das haben Sie mir ja gebeichtet. Und trotzdem – kann es nicht sein, dass unsere neugierige Nachbarin recht gehabt hat und dass wir sie einfach hätten aussprechen lassen sollen?"

„Hm", knurrte Klara, „mag ja sein. Aber Hedelinde sah wirklich erschreckend aus."

Sie musste das letzte Wort haben, und der Pfarrer hatte nicht vor, sich so kurz vor der Bettruhe noch einmal mit seiner Haushälterin zu streiten. Vielmehr beruhigte es ihn, dass sie nicht nur während des Anschlages einen Schutzengel auf der Straße gehabt hatten, sondern in dieser bevorstehenden Nacht auch den Schutz der Polizei auf der Straße vor dem Haus genießen durften.

16.

In den nächsten Tagen kehrte im Pfarrhaus fast wieder so etwas wie Alltag ein. Was van Kerkhof verwunderte, war Klaras Freundlichkeit seiner Sekretärin Wischnewski gegenüber. Er sprach Klara darauf an, woraufhin sie sich von ihm abwandte, um zu gestehen: „Ach, wissen Sie, jetzt kann ich sie doch wieder besser leiden, seit ich weiß, dass sie nichts mit dem vergifteten Wein zu tun hatte. Ich meine, weil wir sie und diesen steifen Klemmi doch dabei erwischt haben, wie sie aus dem Anbau kamen – und dass der Mann durch sie wusste, wo unser Messewein aufbewahrt wird ..."

Für einen Moment blieb dem Pfarrer die Spucke weg: Was war da in seiner Klara vorgegangen? Wenn sie solche Spekulationen aufstellte, wurde es nun durch die Erkenntnis von Frau Wischnewskis Unschuld aber höchste Zeit, dass zwischen den beiden Frauen ein entspannteres Miteinander begann. Und dass Herr Flick von der Zeitschrift *Kirchensonntag* ein Unschuldslamm war, spürte jeder schon im Abstand von zehn Metern.

Aber wer wollte Klara dieses Chaos der Gefühle und die Irrungen und Wirrungen verdenken? Schließlich stand sie nach wie vor treu und tapfer all diese belastenden Situationen gemeinsam mit ihm durch.

Natürlich waren da jetzt die beiden ständigen Begleiter vor dem Haus, doch sie hielten sich meist in ihrem Wagen auf – und da es sich um ein Zivilfahrzeug handelte und die Beamten keine Uniform trugen, konnte van Kerkhof halbwegs beruhigt sein, dass ihre Anwesenheit nicht allzu sehr auffallen würde.

Während Klara das Pfarrhaus nur verließ, um die Polizisten mit selbst gebackenem Kuchen und Rhabarbersaft zu versorgen, ließ sich der Pfarrer auch von der neuen Situation nicht aus der Ruhe bringen. Er ging weiter seinen Amtsgeschäften nach, und wenn er wegen einer Sitzung des Pfarrgemeinderates oder einem Krankenbesuch in die Stadt gehen musste, dann tat er das eben. Gewiss war auch ihm dabei nicht immer ganz wohl zumute.

Einmal, als er am späten Abend am Bischofsgarten vorbeiging, schien es ihm, als würde er verfolgt. Er beschleunigte seine Schritte, sah sich immer wieder um und bemerkte dabei, wie ein Schatten hinter einer Mauer verschwand. Erst als er über die Große Domtreppe auf den Domberg kam und vor der Bischofsresidenz stand, die der Stadt so viel Ärger eingebracht hatte, fühlte er sich einigermaßen sicher. Hier hielten sich selbst um diese Zeit noch einige Japaner auf, die den prunkvollen Bau ablichteten, und als sich dann auch noch einer der Polizisten zu erkennen gab, der ihn bei diesen Wegen immer in einiger Entfernung begleitete, glaubte er, dass er sich schlichtweg geirrt haben musste.

Er wollte den Beamten dann auch nicht wegen seines diffusen Gefühls ansprechen, denn bestimmt war der Polizist der Schatten gewesen, und warum der Mann sich vor ihm verborgen hatte, das konnte auch ganz harmlose Gründe haben.

Kurz fiel sein Blick noch auf den Dom: Hier würde demnächst das Requiem für den armen Pater stattfinden, und das hatte er auch verdient! Leider konnte der Termin für die Beerdigung noch immer nicht festgesetzt werden, weil der Leichnam von der Gerichtsmedizin noch nicht freigegeben war.

Natürlich erzählte van Kerkhof zu Hause auch Klara nichts von der Beklommenheit, die ihn auf dem Weg durch die Altstadt erfasst hatte, zumal er froh war, dass sie im Moment endlich einmal wieder andere Sorgen hatte.

„Da hat so ein Mensch von der Gerüstbaufirma angerufen, ein gewisser Herr Zischler“, empfing sie ihn aufgebracht. „Der will morgen mit Ihnen über die Rechnung reden. Dabei hab ich ihm schon gesagt, dass das doch übers Bistum läuft. Aber er ließ sich einfach nicht abschütteln.“

„Das verstehe ich auch nicht ganz, aber von mir aus soll er kommen“, reagierte van Kerkhof gelassen.

„Haben wir im Moment nicht Wichtigeres um die Ohren als seine doofe Rechnung?“, empörte sich Klara weiter. „Diese Handwerker sind einfach furchtbar.“ Ihr schwante schlimmer Ärger, dabei hatte sie bis zuletzt gehofft, dass es eine Gefälligkeit der Arbeiter gewesen war, ihr den Stern von Bethlehem über der Haustür aufzuhängen. Sie konnte jetzt nur hoffen, dass man an höherer Stelle nicht nachprüfen wollte, ob ein Fräulein Schrupp nicht schon über längere Zeit die Gunst des Bistums ausnutzte. Dabei war dies wirklich und wahrhaftig das allererste und einzige Mal gewesen, dass sie etwas in ihrem Interesse unternommen hatte! Und nun schickten sie ihnen den Chef der Firma höchstpersönlich ins Haus, damit sie Rechenschaft ablegte. Wenn sie Glück hatte, war die Sache damit abgetan, dass sie für ihren Stern ins eigene Portemonnaie greifen musste. Dabei müssten die dort oben doch froh sein – ein Pfarrhaus hatte in der Adventszeit doch ein Aushängeschild für die Kirche zu sein!

„Er wird schon nicht zu lange bleiben“, meinte der Pfarrer zuversichtlich. „Wann will er denn kommen?“

„Ich habe ihm gesagt, dass es am Vormittag gar nicht geht und dass er – wenn überhaupt – gegen 15 Uhr kommen soll.“

„Gut gemacht. Dann komme ich wenigstens noch zu meinem Mittagsschlaf“, sagte der Pfarrer und gähnte schon einmal im Voraus bei dem Gedanken an seine Matratze. Und ich kann mir meine Rechtfertigung für den Stern von Bethlehem noch einmal in Ruhe zurechtlegen, fügte Klara in Gedanken hinzu. Doch einstweilen wollte sie erst einmal von sich ablenken.

„Dass Sie überhaupt noch schlafen können, Herr Pfarrer! Da sieht man mal, wie unbekümmert Sie durchs Leben laufen. Ich dagegen bekomme schon seit Wochen kein Auge mehr zu.“

„In der Ruhe liegt die Kraft“, lachte van Kerkhof.

„Schwätzer“, murmelte Klara so leise, dass er es nicht verstehen konnte.

„Wollten Sie noch etwas sagen, meine Liebe?“

„Ich bin für heute bedient. Gute Nacht!“ Klara stand auf und rauschte ab. Van Kerkhof sah sich noch die Nachrichten an und ging dann ebenfalls schlafen.

17.

Der Besucher kam pünktlich um 15 Uhr. Zum Ärger von Klara war der Pfarrer schneller als sie und hatte den Gast hereingelassen. Da Frau Wischnewski an diesem Nachmittag freihatte, nutzte Klara die Gelegenheit, um vom Büro der Sekretärin aus möglichst viel von dem Gespräch im Nebenzimmer mitzubekommen. Leider war ihr das zunächst nicht möglich, da der Besucher sehr leise sprach. Sobald Klara jedoch das Wort *Stern* vernehmen würde, wollte sie dazukommen und sich dem Vorwurf stellen.

Zu Beginn verlief dort drüben im Büro des Pfarrers eine ganze Weile alles so ruhig, dass sie gar nichts verstehen konnte. Ihr Ohr an der Tür schmerzte bereits.

„Sie wollten mir mir über die Rechnung reden", sagte in seinem Büro van Kerkhof zu dem großen, hageren Mann, nachdem er ihm einen Stuhl angeboten hatte. „Nun müssen Sie wissen, dass solche Dinge über das Bistum abgewickelt werden."

„Ich bin eigentlich auch nicht deshalb hier", antwortete Herr Zischler ruhig und behielt den gleichgültigen Tonfall auch in seinem nächsten Satz bei: „Ich bin hier, um Sie zu erschießen."

Van Kerkhof riss die Augen auf und sah in die Mündung einer Pistole, die der Mann urplötzlich aus seiner Jacke gezogen hatte.

„Sie wollen was?" Die Stimme des Pfarrers bebte.

„Wenn ich mich Ihnen vorstellen darf ..." Sein Gegenüber erhob sich langsam. Um den Pfarrer nicht aus den Augen zu lassen, nahm er es in Kauf, dass er die Tür zum Nebenzimmer im Rücken hatte. „Hans-Christian Zischler, vielleicht sagt Ihnen dieser Name noch was. Wir haben früher einmal eng zusammengearbeitet!"

„Der Hans-Christian!" Van Kerkhofs Augen wurden immer größer.

„Ich wäre doch sehr dafür, dass wir bei der förmlichen Anrede bleiben“, sagte Zischler wieder mit dieser gefährlichen Gelassenheit, die den Pfarrer mehr beunruhigte, als wenn er ihn angeschrien hätte.

„Du hast ... Sie haben sich völlig verändert! Ich hätte Sie niemals wiedererkannt“, stammelte van Kerkhof.

„Alles Absicht“, entgegnete der Mann leise. „Ich wollte ja gerade nicht, dass Sie mich erkennen.“

„Früher trugen Sie einen Bart und waren viel kräftiger!“

„Kräftiger, ja, da haben Sie recht. Aber der Bart ist noch nicht lange ab.“ Der Mann drehte sich kurz zur Seite, raunte: „*Vergeving* ... Und? Ha, jetzt macht es klick in Ihrem überschlauen geistlichen Schädel, was?“

Van Kerkhof umklammerte fest die Armlehnen seines Schreibtischstuhles.

Er war es, der Schubser von der Domplatte! Zischler – der Name der Firma, es hätte ihm auffallen müssen. Doch selbst wenn, zum damaligen Mitbruder Hans-Christian Zischler hätte er da niemals Parallelen gezogen. Van Kerkhof war schockiert. „Dann ... dann haben Sie uns also den Pflasterstein durchs Fenster geworfen? Den Drohbrief unter den Scheibenwischer geklemmt? ... Das Gerüst manipuliert?“ Den Messwein, die Schüsse und den Drängler vom Vortag war er nicht mehr fähig zu benennen. Seine Stimmbänder versagten, abgeschnürt von seiner engen Kehle.

„Gut erkannt, werter Herr Pfarrer. Aber das waren nur Peanuts. Kleine Verwarnungen, um Sie auf die richtig harten Nüsse vorzubereiten. Und eine davon kommt hier gleich auf Sie zugeschossen.“

Van Kerkhof bemühte sich um einen eindringlichen Blick, wusste aber, dass seine Pupillen flackerten. Sein Tagesspruch kam ihm in den Sinn: *Er wird deinen Fuß nicht gleiten lassen, und der dich behütet, schläft nicht.*

Seine Stimme kehrte zurück. „Wenn ich an damals denke,

an unsere Zusammenarbeit, an die vielen wertvollen Gespräche ...“, flüsterte er dem Mann zu und ahnte, dass er dadurch Zeit gewann, denn darauf würde sein Gegenüber eingehen wollen. Und er behielt recht.

„Das ist lange her“, sagte Zischler. „Damals war ich auch noch ein anderer. Wären Sie nicht gewesen, wäre ich der auch geblieben. Ich wäre heute Priester und könnte das tun, wozu ich mich berufen fühlte!“

„Aber Sie hatten eine Freundin! Und die war schwanger von Ihnen!“

„Was macht das schon, wenn ein Kaplan ein Mädchen schwängert? So was kommt vor.“

„Und was ... was habe ich falsch gemacht?“, brachte van Kerkhof mühsam hervor.

„Das will ich Ihnen sagen!“ Zischler machte einen Schritt auf ihn zu. „Sie haben mir damals geraten, den geistlichen Stand zu verlassen und mich zu meiner Freundin zu bekennen. Und das habe ich Idiot getan. Ich habe sie geheiratet, bin in die Firma meines Vaters eingetreten, der damit seinen größten Triumph hatte. Sie wissen vielleicht noch: Mein alter Herr wollte auf gar keinen Fall, dass ich Priester würde. ‚Handwerk hat goldenen Boden‘, sagte er immer. Dank Ihnen bekam er jetzt, was er wollte. Und seine Schwiegertochter ebenfalls! Das Leben mit ihr war die Hölle. Mein Sohn hasste mich, weil ich seiner Mutter angeblich das Leben so schwer machte. Vor einigen Wochen hat er meine Frau dann dazu gebracht, die Ehe zu beenden. Wenn ich darüber im Grunde noch froh sein konnte, so hatte ich nicht mit der heftigen Reaktion meines Vaters gerechnet. Er warf mich aus der Firma und drohte damit, mich zu enterben. Und in all der Zeit haben Sie ein gutes Leben geführt. Zu gut für einen so miesen Berater.“

„Sie waren das in dem schwarzen Wagen, der angeblich mehrmals vor dem Haus gehalten hat ... Aber Ihre Angestellten ...“ Ihm fiel das erwähnte Durcheinander in der Firma ein, das Gespräch über den Juniorchef, der plötzlich „in den Sack" gehauen hatte, und ihm fiel Klara ein, die über diese Ausdrucksweise so empört gewesen war. Die arme Klara. Sie war sozusagen die Familie, die er zurücklassen würde, sollte dieser wuterfüllte Mensch vor ihm ihn jetzt töten.

„Meine Angestellten? Die waren um die Zeit immer längst im Feierabend." Zischler nickte und sein Tonfall wurde gefährlich sanft. „Ich war oft in Ihrer Nähe in der letzten Zeit. Zuletzt noch gestern auf der Domtreppe. Zum Glück habe ich Ihren Wachhund rechtzeitig bemerkt."

„Dann sind Sie es, der den Pater umgebracht hat?"

„Ein Kunstfehler." Zischler zuckte mit den Schultern.

„Und Sie haben auch versucht, uns an der Lahn umzubringen?"

„Leider ist es beim Versuch geblieben. Doch dieses Mal wird das anders sein."

„Aber vor dem Haus stehen zwei Polizisten! Sie werden niemals entkommen!" Der Pfarrer schrie jetzt.

„Das macht mir nichts aus. Gerne verbringe ich meinen Lebensabend im Gefängnis, wenn ich Sie nur erst ins Jenseits befördert habe!"

„Hans-Christian! Sie versündigen sich!", rief van Kerkhof angsterfüllt.

„Das habe ich bereits getan. Und jetzt, Herr Pfarrer, erheben Sie sich. Wir wollen es doch feierlich machen. Sehen Sie mir in die Augen, Sie sollen mit dem Bild des Menschen vor den lieben Gott treten, dessen Leben Sie, der makellose, liberale Priester, ruiniert haben."

Van Kerkhof blieb nichts anderes übrig, als aufzustehen. Er sah in die bösen Augen seines Gegenübers, sah, wie sich dessen Zeigefinger am Abzug krümmte.

„Herr Pfarrer van Kerkhof, Ihre letzte Stunde hat geschlagen!"

In diesem Moment bemerkte van Kerkhof wie in Trance, dass sich die Tür zum Nebenzimmer leise öffnete. Oder wünschte er sich das nur?

Wahrhaftig, es war das altvertraute Gesicht seiner Haushälterin, das ihm im Türrahmen aufmunternd zuzwinkerte. Und dann stieß sie dem unerbetenen Besucher auch bereits einen Gegenstand in den Rücken.

„Sie werden das jetzt schön bleiben lassen, Hans-Christian Zischler!“, sagte sie mit fester aber ruhiger Stimme.

„Ach, die gute Klara“, lachte Zischler und machte Anstalten, sich umzudrehen.

„Wenn Sie auch nur eine Bewegung machen, haben Sie ein Loch im Leib, in dem sogar ich mich verstecken könnte!“, rief Klara energisch.

Zischlers Lachen wurde zu einem schwachen Grinsen. „Sie bluffen doch nur“, sagte er.

„Ich würde es nicht drauf ankommen lassen. Mit dieser Flinte sind in Afrika schon Büffel zur Strecke gebracht worden. Erinnern Sie sich, Herr Pfarrer: Das Gewehr von unserem verstorbenen Pfarrgemeinderatsvorsitzenden. Er hat es freundlicherweise der Kirche vermacht, und Sie wollten damals, dass es entsorgt wird. Gut, dass ich Ihnen nicht gefolgt bin!“

„Das Gewehr ... von unserem Pfarrgemeinderatsvorsitzenden ...“ , wiederholte der Pfarrer stammelnd.

„Sehen Sie, Ihr Chef weiß nichts von einem Gewehr“, grinste Zischler hämisch.

„Und ob er es weiß! Nicht wahr, Herr Pfarrer, das hätten Sie nicht gedacht, dass ich das aufgehoben habe.“

„Das hätte ich wirklich nicht“, sagte van Kerkhof und seine Stimme klang dabei schon wieder fester.

„Deshalb: Lassen Sie die Pistole fallen, sonst puste ich Ihnen ein riesiges Loch in den Rücken“, herrschte Klara den Mann vor ihr an. „Sie haben mich doch vor vielen Jahren schon kennengelernt. Und glauben Sie vielleicht, ich wäre mit der Zeit unglaubwürdiger geworden?“ Sie verstärkte den Druck in den Rücken des Mannes vor ihr.

Zischler zögerte. Er war sichtlich verunsichert. Seine Hand wankte – und dann ging alles ganz schnell.

Die zweite Bürotür wurde aufgerissen und Kommissar Hartwichs schrie mit der Dienstwaffe in der Hand: „Sofort fallen lassen! Weg mit der Waffe!"

Zischler reagierte sofort: Mit einem hämischen Grinsen richtete er seine Pistole auf den Polizisten. Hartwichs zögerte keinen Moment und schoss! Von der Wucht des Schusses getroffen, kippte Zischler nach hinten und fiel zu Boden. Sofort war der Kommissar zur Stelle und legte dem Mann Handschellen an. „Alles halb so wild, ich habe ihn in die Schulter getroffen!" Nun stürmte auch sein Kollege ins Zimmer und half dabei, den Mann zu fixieren. „Du hättest das nicht alleine machen sollen", sagte er zum Kommissar.

„Ich wusste doch, dass du nachkommst", antwortete der erschöpft grinsend.

„Warum haben Sie mich nicht erschossen?", brüllte Zischler unter Schmerzen. „Weil ich nicht wollte, dass Sie Ihrer Strafe entgehen", antwortete Hartwichs schon wieder ganz ruhig. „Außerdem erschießen wir keinen Menschen, wenn es nicht unbedingt sein muss!"

Sein Blick fiel auf Klara, und er musste unwillkürlich lachen: „Fräulein Schrupp hat ja auch nicht abgedrückt!"

„Wie hätte ich das auch machen sollen?", fragte die und betrachtete den Besenstiel in ihrer Hand. „Und jetzt lassen Sie für heute mal das Fräulein weg. Ich fühle mich im Moment doch mehr wie eine gestandene Frau!"

„Sie sind mir eine!" Pfarrer van Kerkhof schüttelte fassungslos den Kopf. „Darf ich Ihnen jetzt wenigstens einmal die Hand geben? Sie haben mir das Leben gerettet!"

Tatsächlich ließ Klara den Handschlag zu, wenn auch etwas widerwillig.

„Na ja, wenn die Tür nicht so dick wäre, hätte ich ja schon viel früher begriffen, was hier los war, Herr Pfarrer. Das war aber auch wieder dermaßen schlecht zu verstehen heute!" Klara wandte sich nun dem Kommissar zu: „Aber als ich dann den Namen Hans-Christian hörte ... Glauben Sie mir, ich kenne sämtliche Tonlagen vom Herrn Pfarrer, da hat es sofort Klick in meinem Kopf gemacht und ich wusste, dass er in Gefahr ist. Weil die Hedelinde mir ja erzählt hat, dass der Sohn vom Gerüstbauer, der Hans-Christian, nicht gut auf den Herrn Pfarrer zu sprechen ist und ihm die Pest und sonst was an den Hals wünscht." Klara schielte in die Richtung ihres Chefs. „Tja, Herr Pfarrer, Sie hätten mich neulich im Beichtstuhl mal besser ausreden lassen, was? Dann hätte es vielleicht schon viel früher auch bei Ihnen mal Klick gemacht." Sie tippte sich mit dem Zeigefinger gegen die Schläfe, drehte sich erneut um hundertachtzig Grad und richtete das Wort wieder an den Kommissar: „Wie gesagt, als es dann endlich laut wurde hinter der Tür, verstand ich auch, was los war. Zum Glück stand da dieser Besen in Frau Wischnewskis Büro. Sie müssen wissen, unsere Sekretärin hat es nicht so mit der Sauberkeit, und wenn am Vormittag einige Leute bei ihr waren, dann gibt das Dreck, und da muss ich dann hinterher immer noch mal ran!"

„Aber warum haben Sie uns nicht gerufen?", wollte der Kommissar wissen.

„Das hätte doch viel zu lange gedauert. Außerdem hätte der Kerl das vielleicht mitbekommen."

Hartwichs nickte nur und griff zum Handy, um nach Verstärkung und einem Krankenwagen zu rufen.

Pfarrer van Kerkhof ging unterdessen auf den am Boden Liegenden zu, doch als dieser ihm in seinen Handschellen nur wütend den nach oben gestreckten Mittelfinger zeigte, wich er zurück.

„Lassen Sie das, Herr Pfarrer!", sagte Klara aufgebracht. „Bei dem ist Hopfen und Malz verloren! Eigentlich hätten Sie bei ihm ja noch einen deftigen Stoß in die Rippen gut. Aber der Druck von meinem Besenstiel war sicher auch nicht ohne!"

Van Kerkhof lehnte sich gegen die Wand. Langsam kehrte die Farbe zurück in sein Gesicht, und immer noch konnte er nur den Kopf schütteln über seine Haushälterin.

Es dauerte keine fünf Minuten, bis der Notarzt da war. Er untersuchte den Mann kurz und ordnete dann seinen Abtransport an. Klara hatte sich währenddessen auf einem der Bürostühle niedergelassen.

„Sie brauchen gar nicht so an Ihrem Sakko herumzunesteln, Herr Pfarrer, Sie werden in keiner Tasche das finden, wonach Sie suchen. Nicht mal ein Streichhölzchen. Aber ich brauche jetzt einen Melissengeist“, stöhnte sie, denn jetzt fiel die Anspannung langsam von ihr ab. Sofort eilte van Kerkhof davon und war nach einer Minute wieder mit einem kleinen Glas zur Stelle. Klara trank es in einem Zug leer. „Das wirkt Wunder“, sagte sie in Richtung des Kommissars. „Wollen Sie auch einen?“

„Bloß nicht“, wehrte der ab. „Keinen Alkohol im Dienst!“

„Als ob im Melissengeist Alkohol wäre“, ereiferte sich Klara. „Klosterfrauen stellen doch keinen Alkohol her! Das ist reine Medizin!“

Van Kerkhof und der Kommissar grinsten sich zu, beließen Klara aber in ihrem Glauben. Offenbar hatte die Arznei geholfen, denn Klara stand jetzt auf und sah durchs Fenster nach draußen, wo der verletzte Zischler gerade in den Rettungswagen geschoben wurde.

„Aber wie sind Sie dort draußen vor dem Haus darauf gekommen, dass er es war?“, wandte sie sich danach an Hartwichs.

„Nun, ich habe heute selbst ein paar Stunden mit dem Kollegen Wache geschoben. Da sah ich, dass der Pfarrer den Mann ins Haus ließ. Natürlich war das für mich zunächst in Ordnung, denn offenbar kannten sich die beiden. Doch dann sah ich Zischlers Wagen und ging hin. Reine Routine, dass ich ihn mir etwas genauer ansehen wollte, als Polizist hat man das im Blut. Dann sah ich plötzlich die Beule an der Seite, und im

Heck des Wagens sah ich diesen nickenden Teufel stehen. Da wusste ich, mit wem wir es zu tun hatten!"

„Gott sei Dank haben Sie das so gemacht! Sonst wäre ich vor Ihren Augen erschossen worden!"

„Na ja, Herr Pfarrer, ich war ja auch noch da", meinte Klara leicht beleidigt.

„Das weiß ich doch. Aber wer weiß, wie lange Ihnen Zischler das mit dem Gewehr noch abgenommen hätte!"

„Wenn, dann hätte es nur an Ihnen gelegen. Sie haben ja wieder mal gar nichts kapiert!"

„Wie sollte ich denn, Klara? Wir hatten doch nie einen Pfarrgemeinderatsvorsitzenden, der zur Jagd ging!"

„Manchmal muss man sich eben was einfallen lassen!", sagte Klara voller Stolz. Einen Moment später wurde sie aber stutzig, denn ihr war offenbar etwas Wichtiges eingefallen: „Sagen Sie mal, Herr Kommissar, wie sind Sie eigentlich ins Haus gekommen? Es war doch abgeschlossen!"

„Eben nicht", antwortete der Kommissar, „die Tür war nur angelehnt! Und das war in diesem Moment ja auch unser Glück!"

Klara sah dies völlig anders: „Da haben Sie wieder mal nicht richtig zugemacht, Herr Pfarrer", wetterte sie los. „Wie oft soll ich Ihnen noch sagen, dass man die Haustür ganz fest zudrücken muss. Das Schloss ist doch nicht in Ordnung!"

„Ich gelobe Besserung, meine Liebe", sagte der Pfarrer kleinlaut, konnte dabei ein Lachen aber nur schwer unterdrücken.

„Wie oft haben Sie das schon getan!", schimpfte Klara. „Da lässt dieser Tölpel einfach die Haustür offen stehen. Da kann einem ja sonst wer ins Haus kommen! Ich werde gleich morgen einen Handwerker bestellen!"

„Tun Sie das, meine Liebe, tun Sie das nur!", sagte van Kerkhof so ernst wie möglich und blickte dabei in die lachenden Gesichter der Polizisten.

18.

So warten Sie doch auf mich, Herr Pfarrer!“, schrie Klara gegen das einsetzende Läuten in ihrem Rücken an. Mit kurzen Schritten eilte sie van Kerkhof nach, der sich bereits auf die Mitte der Domplatte zubewegte.

„Bitte, Herr Pfarrer, ich verstehe ja, dass Sie die Messe vor Schluss verlassen wollten. Aber einfach so aufstehen und rausgehen, ohne an mich zu denken ...“ Etwas leiser führte sie ihr Selbstgespräch: „Der arme Mann, kommt hinten und vorn nicht mit sich zurecht. Dabei sollte er froh sein, dass er überhaupt noch lebt.“ Mit diesen Worten und den kraftvollen Pfeifenklängen der Orgel aus dem Innern des Domes hatte sie van Kerkhof eingeholt.

„Hätten wir nicht wenigstens das Schlusslied noch mitsingen sollen? – Herr Pfarrer, Sie weinen ja auch ...“, stellte Klara atemlos fest, als sie in die glasigen Augen und das rot verquollene Gesicht van Kerkhofs blickte. „Da, Herr Pfarrer, da haben Sie Ihr Taschentuch. Es kommt nicht wieder vor, dass Sie mir Ihres borgen müssen. Aber meins“, Klara schnäuzte sich noch einmal geräuschvoll in das große karierte Tuch, „meins war schon nach einer Viertelstunde klatschnass. Doch das hat der arme Pater Azikiwe schon verdient, dass man um ihn trauert. Das Requiem für ihn war aber auch so bewegend. Nein, war das rührend!“

Pfarrer van Kerkhof stand wie erstarrt auf der Stelle. „Lassen Sie mich noch einen Moment hier nachdenken“, bat er. „Hier war es. Hier hat er mir den Stoß in den Rücken verpasst, der Hans-Christian. Und ich habe nicht mal seine Stimme erkannt, als er so höhnisch ‚*Vergeving!*‘ gesagt hat. Dabei war dies das erste Wort, das er als junger Mann gleich zu Beginn von mir übernommen hatte. Meine Heimatsprache gefiel ihm so gut, und jedes Mal, wenn ihm ein Fehler unterlaufen war, hat er es gesagt. ‚*Vergeving!*‘ Und wir haben uns so gut verstanden. Jetzt frage ich mich, ob er vielleicht sogar wollte, dass ich ihn erkenne. Ob er wollte, dass ich ihm auf die Spur komme ... Wissen Sie, Klara, ich durfte mir während der Trauerfeier gar nicht richtig bewusst machen, dass Pater Azikiwe nun statt meiner im Sarg liegt, und wie sich alles zugetragen hat ..."

„Ach, Herr Pfarrer, mir geht es doch genauso. Und trotzdem bin ich so froh und dankbar, dass Sie leben ... Sie werden doch hier noch gebraucht ... Der arme schwarze Pater, ich weiß, auch der wurde noch gebraucht, und so darf man doch gar nicht denken, aber in meinem Kopf fährt ein Karussell immer rundherum, mal vorwärts, dann wieder rückwärts, und dann denke ich wieder, dass wir alle weder den Tag noch die Stunde unseres Todes kennen ... und dass es kommt, wie es kommen muss und ..."

Van Kerkhof hob kurz die Hand: „Meine liebe Klara, ein Fremder könnte Ihr Gestammel als pietätlos empfinden. Aber ich kenne Sie und Ihr gutes Herz. Ich weiß, dass Sie alles versuchen würden, um mich aufzurichten. Wir haben Schlimmes erlebt, das jetzt erst an die Oberfläche kommen will. Und mit Gottes Hilfe werden wir all das irgendwann verarbeitet haben."

Er nickte seinen Worten nach. „Wie schön die Predigt war, so voller Wertschätzung für Pater Azikiwe. Und der gesamte Gottesdienst ist ausgekommen ohne das Wort *Mord*."

Jetzt war es an Klara zu nicken. „Und auch ohne die Worte *Verwechslung* und *Pfarrer van Kerkhof*! Also dafür hatte ich ja wirklich die Luft angehalten. Nein, alles war gut. Und jetzt haben wir auch das hinter uns gebracht, Herr Pfarrer, und irgendwann sollte man mit allem abschließen, was einen bedrückt und wozu man nichts konnte. Zumindest vorn im Kopf. Hinten wird es sicher noch lange brodeln." Klara seufzte tief. Dann straffte sich plötzlich ihre kleine Gestalt und sie atmete tief durch. „Aber wo ich gerade brodeln sage – ich hätte da einen großen Wunsch." Sie streifte den Ärmel ihres Mantels zurück und schaute auf ihre Armbanduhr.

Pfarrer van Kerkhofs Miene veränderte sich. „Sie haben wohl Hunger, liebe Klara?“

„Und wie, Herr Pfarrer! Ich hätte Lust auf eine Halbe-Meter-Bratwurst. Vielleicht gibt es die auch im Meter, Ihnen würde es jetzt auch nicht schaden, etwas zu essen. Die Wurst könnten wir vor der großen Weihnachtspyramide essen, und dazu wären doch ein paar Pommes auch nicht schlecht. Hach, so richtig fettige, knusprige, und dazu Mayonnaise ... Zum großen Adventskalender am Kornmarkt würde ich dann auch noch gerne gehen, und zum Schwibbogen ...“

„Nun, da bin ich dabei, Klara. Der Christkindlmarkt hat seit einer halben Stunde geöffnet.“ Seinem Stimmfall entnahm Klara, dass er sich augenblicklich besser fühlte. Sie rückte ihr schwarzes Hütchen zurecht und hakte sich ohne Aufforderung bei ihrem Chef unter, was van Kerkhof wiederum als Zeichen ihrer ganz besonderen Unternehmungslust und ihres guten Willens für ein umgängliches Miteinander auslegte.

Als der alte Kastenwagen gegen Abend in die Hofeinfahrt des Pfarrhauses bog, stellte Klara fest, dass ihr Mantel bekleckert war. „Unsere Waschmaschine gibt auch langsam den Geist auf“, fiel ihr ein. „Solche Fettflecken wie diesen hier bekäme sie gar nicht mehr rausgewaschen. Sechzehn Jahre alt ist sie jetzt. Das Bistum stiftet uns wohl keine neue?“

Van Kerkhof unterdrückte ein Schmunzeln. „Das wäre doch ein schönes, praktisches Weihnachtsgeschenk.“

Klara blieb der Mund offen stehen. „Sie meinen das jetzt nicht im Ernst, oder? Dann sehen wir an den Feiertagen anstatt fernzusehen der Waschmaschine zu, wie die Trommel sich dreht und Ihre Schmutzwäsche rundwirbelt!“

„Ach Klara“, lachte der Pfarrer, „Sie haben eine köstliche Fantasie. Aber jetzt mal Hand aufs Herz: Gibt es etwas, über das Sie sich besonders freuen würden?“ Ihm wurde bewusst, dass er sich darum noch keinerlei Gedanken gemacht hatte.

Und eine Klara Schrupp mit Bedacht zu beschenken, war eine Herausforderung.

Klara brauchte keine Sekunde zu überlegen. „Einen Wunsch hätte ich schon. Und der wäre auch nicht zu teuer. Halt ein bisschen anstrengend, und Sie müssten sich dann auch damit beschäftigen, weil es eigentlich ein Geschenk für uns beide wäre ..."

„Das hört sich ja spannend an, liebe Klara. Verraten Sie es mir oder schreiben Sie dem Christkind einen Wunschzettel?" Abermals fiel ein Stück Ballast der letzten schweren Zeit von ihm ab. Er spürte, dass er sich auf die beschaulichen Weihnachtstage mit seiner Haushälterin zu freuen begann, auf den Bratenduft im Haus und ihr Festtagsgebäck, auf den mit Strohsternen und Apfelringen geschmückten Weihnachtsbaum mit den echten Wachskerzen, und nicht zuletzt auf seine Predigten an den Feiertagen.

„Dann will ich es Ihnen jetzt verraten, Herr Pfarrer. Wir bräuchten mal einen richtigen Mann im Haus!"

„Aha", sagte van Kerkhof nur und wartete ab.

„Und jetzt fahren Sie mal unser Auto in die Garage und machen das Tor zu."

Damit stieg Klara aus und bevor sie die Beifahrertür zuwarf, rief sie ins Wageninnere:

„Ja, das wünsche ich mir, so einen schönen starken Pfarrhauskater!" Fort war sie. Van Kerkhof sah nur noch ihren schwarzen Mantel in der Haustür verschwinden, dann parkte er das Auto in der Garage neben dem Haus.

Als er danach um die Ecke bog und auf den Eingang zuschritt, flackerte es kurz über ihm. Im nächsten Moment erstrahlte Klaras Stern von Bethlehem wie zur Begrüßung in ein endlich sorgenfreies Heim. Es war in der Tat das erste Mal, dass Klara ihren geliebten Stern für diese Adventszeit zum Leuchten brachte – die Fassungslosigkeit über den Mord an Pater Azikiwe hatte viel zu sehr auf die Gemüter gedrückt, als dass man sich am festlichen Schein hätte erfreuen können.

„Er ist wunderschön, Ihr Stern!“, rief er in den Hausflur hinein. Ob er sich auf Klaras Wunsch nach einem Kater einlassen würde, wollte er später in Ruhe überdenken. Er konnte sich schon jetzt lebhaft vorstellen, wie viel Unruhe solch ein vierbeiniger Mitbewohner ins Haus bringen würde, wie viel zusätzlichen Grund für Diskussionen. Andererseits sollte sich, in Anbetracht ihres Alters, zwischen ihm und seiner Haushälterin, ob mit oder ohne Kater, möglichst bald ein entspannteres Zusammenleben einstellen. Ihrer beider Nerven lagen ziemlich blank, und der Advent war eine gute Zeit, um Ruhe und Harmonie einkehren zu lassen.

Dass Klara ähnlich fühlte, bestätigte ihm ein Schnipsel Papier, den sie sich irgendwo ausgeschnitten und unter den Plätzchenteller im Wohnzimmer geklemmt hatte: *Wir bitten Gott, unsere Situation zu ändern und ahnen nicht, dass er uns in diese Situation gebracht hat, damit wir uns ändern.*

„Da sieh einer an“, dachte er gerührt, „womit sich meine zugeknöpfte Klara doch so beschäftigt.“

Da Pater Azikiwe nun würdevoll von dieser Welt verabschiedet worden war, fand Klara recht schnell zu sich selbst zurück. Sie trällerte sogar, während sie kochte, mit schnarrendem Unterton leise vor sich hin. Sie wirkte so lebenslustig und munter, als wohnte plötzlich eine andere Person in ihrem Körper.

Rasch entschlüsselte van Kerkhof den Grund für ihre Veränderung. In der Speisekammer, unter dem unteren Ablageboden, entdeckte er auf der Suche nach ihren Keksdosen die komplette Ausstattung eines Katzenhalters, angefangen vom Schlafkörbchen über winzige Futternäpfe bis hin zu einem himmelblauen Plastikklosett. Sogar eine zierliche Leine lag zusammengerollt daneben.

Van Kerkhof seufzte: Ganz klar, sie hatte ihn wieder einmal belauscht. Er hatte sich telefonisch nach dem Erwerb eines Katers erkundigt und die Abholung mit einem Tierheim dingfest gemacht.

Nun denn, wenn Klara es so wollte, war der Überraschungsmoment für sie bereits gelaufen. Trotzdem wollte er sicherheitshalber nicht davon reden, es gab zumindest noch eine winzige Chance, dass er mit seiner Vermutung falsch lag und Klara einfach beschlossen hatte, so oder so zu ihrem Pfarrhauskater zu kommen.

Daher freute sich van Kerkhof, ihr zumindest eine Überraschung vorweg bieten zu können.

„Schauen Sie, Klara, hier ist ein Brief für Sie eingetroffen." Er hielt einen nachtblauen Umschlag in der Hand, beklebt mit kleinen Glitzersternchen und einem Adressaufkleber, den er vor seinem Gesicht hin und her schwenkte.

Sofort tauchte Klaras Kopf über dem Geländer im ersten Stock auf. „Sie meinen, ein richtiger Brief mit Marke und Handschrift?"

Van Kerkhof nickte. „Und einem Absender auf der Rückseite. – Nicht so schnell, Klara, fallen Sie mir nicht vor Weihnachten noch die Treppe hinunter!" Er lachte und überreichte ihr feierlich die Postsendung.

„Ach, und wie ich Sie kenne, haben Sie längst den Absender ausgeschnüffelt!"

„Das ist richtig. Die silberne Schrift macht sich gut auf dem blauen Papier. Aber schauen Sie selbst."

Klara eilte zum Küchentisch und zog notdürftig einen Stuhl hervor, auf dem sie in ihrer Ungeduld nur zur Hälfte Platz nahm. Sogleich öffnete sie mit ihrem dicken Zeigefinger den Umschlag. Zum Vorschein kam ein handbeschriebenes Blatt, an dem mit einer Büroklammer ein Schwarz-Weiß-Foto befestigt war. „Die arme Hedelinde schickt uns Wünsche für eine fröhliche Weihnacht. Und sie selbst liegt im Hospiz fest im Bett." Klaras Augen wurden feucht. „Ein altes Schulfoto ... Sehen Sie doch, extra für mich vergrößert, Herr Pfarrer, das da ist sie, mit der Schleife im Haar. Und hier bin ich, die Kleine mit der Schürze ... Nein, was waren das noch Zeiten ...“

Van Kerkhof tippte mit dem Zeigefinger auf das Foto. „Da klebt noch etwas dran, Klara.“ In der Tat pappte an der Rückseite der Aufnahme ein weiteres Schriftstück. Klara betrachtete es eine ganze Weile, bis sie begriff, dass es ein Scheck war.

„Was?! So viel Geld! Für wen? Doch nicht für uns!“ Sie drehte den Scheck um. „Und was meint Hedelinde mit der Bleistiftkritzelei: *Bestimmt habt ihr offene Wünsche. Auch habe ich die Eimer auf der Empore eurer Kirche gesehen?* Herr Pfarrer? Was meint sie damit? Warum stehen Eimer auf unserer Empore? Es regnet doch wohl nicht durch unser Kirchendach?!“

Van Kerkhof schluckte und hatte rote Wangen, als er den Scheck in der Hand drehte und immer wieder auf die ausgestellte Summe schielte. „Leider doch, liebe Klara. Das Dach ist an mehreren Stellen undicht. Ich wollte Ihnen das vor Weihnachten nicht mehr antun. Es wird eine kostspielige Sache werden, wenn es richtig gemacht werden soll. Ich habe mich mit dem Küster unterhalten, und der kennt sich aus.“

„Und von denen da oben weiß garantiert noch niemand etwas, habe ich recht? Es soll sich ja schließlich vor Weihnachten niemand mehr aufregen!“ Klara war aufgestanden und wanderte mit auf dem Rücken verschränkten Händen um den Küchentisch herum. Hinter van Kerkhofs Stuhl blieb sie stehen. Fast glaubte er, ihre stechenden Pupillen in seinem Nacken zu spüren, und er fühlte sich gar nicht gut, als er gestand: „Ich wollte nicht, dass Sie sich einmischen, dass Sie mich drängen, für unser Dach zu betteln“, sagte er mit geradeaus gerichtetem Blick. „Im neuen Jahr hätte ich sofort um Reparatur gebeten. Aber Sie erinnern sich, Klara, dass ich erst vor Kurzem für unser eigenes Heim dort vorgesprochen habe. Doch jetzt sieht das alles ja anders aus, das ist ein Geschenk des Himmels ...“

„Das ist ein Scheck. Von der todkranken Hedelinde Karst, die keine Verwendung mehr für ihren Reichtum hat!"

„Aber die Bemerkung auf der Rückseite spricht doch klare Worte, Klara. Ihre Schulfreundin hat die Eimer auf der Empore stehen sehen und uns nun ..."

„... einen Scheck geschickt für unsere offenen Wünsche. Und da der Brief an mich gerichtet ist, sage ich Ihnen, was mein großer Wunsch ist: Dass nämlich die Familie von unserem Messdiener Matthias wieder auf die Beine kommt. Und wenn Siggi das in die Hand nimmt, wird das gelingen. Mit diesem Scheck als Startkapital. So nennt man es doch, wenn jemand einen Neuanfang wagt. Oder nennt man das anders, Herr Pfarrer?" Klara saß ihrem Chef wieder am Küchentisch gegenüber und sah ihm fest und provokativ in die Augen. Und van Kerkhof konnte nicht anders, als seiner Haushälterin mit einem warmen Gefühl im Bauch recht zu geben.

„Ja, genau so nennt man das, liebe Klara. Es wird ein ganz besonderer Heiligabend für uns werden, wenn wir wissen, dass gleichzeitig auch unter dem Tannenbaum der Familie von Matthias eine schöne Bescherung stattfinden kann."

„Und wenn hier ein neues Familienmitglied herumspringt", ergänzte Klara. „Wie heißt er noch mal, unser Kater? Ich konnte das neulich so schlecht durch die Tür verstehen ..."

Van Kerkhof musste lachen. „Im Tierheim nennen sie ihn Willi."

Klara lehnte sich zufrieden zurück und klatschte in die Hände. „Willem und Willi! Wenn das kein gutes Gespann ist. Und für unser Kirchendach gehen Sie mal schön wieder betteln, Herr Pfarrer. Sie können Willi ja mitnehmen, der wird denen schon zeigen, was eine Pranke ist. – So, und zur Feier des Tages hole ich jetzt den Teller mit den Plätzchen. Für Sie aber nur zwei. Sie hatten vorhin schon einen halben Meter Bratwurst! – Vorher will ich aber noch nachsehen, ob Sie den Laden in Ihrem Büro richtig zugemacht haben!" Klara bekräftigte ihren Entschluss mit einem Handschlag auf die geblümte Wachstischdecke, erhob sich und eilte aus der Küche.

„Der Laden ist fest verschlossen!“, rief van Kerkhof ihr nach, hörte aber gleich darauf schon sein Bürofenster knarren und den Holzladen quietschen. Auf und zu. Auf und zu. Dann machte es Rums!, und Klara schien endlich zufrieden zu sein.

Im nächsten Moment klingelte das Telefon auf seinem Schreibtisch. Doch wozu sollte er sich beeilen, er wusste, dass seine Haushälterin den Hörer längst in der Hand hielt.

Van Kerkhof lehnte sich gähnend zurück, fuhr sich mit der Hand durchs Haar und wartete auf Klaras Rufen. Stattdessen drang ihre erregte Stimme schrill bis zu ihm in die Küche. Mit wenigen Schritten lief auch er hinüber zu seinem Büro.

Dort stand Klara hinter dem Schreibtisch, den Hörer fest ans Ohr gepresst. Ihre Gesichtsfarbe war aschfahl und ihre wild fuchtelnde Hand signalisierte van Kerkhof, zurückzuweichen. Erschrocken ging er rückwärts in den Flur und verfolgte, wie Klaras Wangen dunkelrot wurden, bevor sie Atem schöpfte.

„Und jetzt hören Sie einmal mir zu, gute Frau! Eigentlich hatte ich ja gerade mit Ihnen besonderes Mitleid. Aber mir jetzt anzuhören, mein Pfarrer sei schuld daran, dass Ihr Sohn zum Mörder geworden ist, fällt mir nicht im Traum ein! Wer hat den Jungen denn großgezogen? Wer hat seinen Charakter denn mitgeprägt, dass er eine Frau schwängert und dann plant, sie einfach fallenzulassen, weil ihm das nicht in den Kram passt? – Still, jetzt rede ich! – Wer hat seinen Sohn denn in die eigene Firma zwingen wollen und zugesehen, wie seine kleine Familie kaputtgegangen ist? Und wer hat ihn wieder aus dem Betrieb geworfen und ihm gedroht, ihn zu enterben? Das beantworten Sie sich mal schön selbst, bevor Sie mit Steinen nach anderen werfen! Und apropos Steine: Wessen Sohn war denn fähig, einem alten Pfarrer einen Pflasterstein durchs Fenster zu werfen und an einem Gerüst herumzuschrauben, damit jemand in Gefahr gerät? Und wessen Sohn hat denn versucht, ein anderes Auto mit Absicht von der Straße zu drängen ... und heiligen Messwein zu vergiften und dafür noch einen kleinen Jungen zu benutzen? Und wer ist so feige und hinterhältig, dass er durch ein Küchenfenster schießt? Na, wer denn? – Papperlapapp! – Der Herr Pfarrer hat nichts weiter getan, als Ihrem Hans-Christian ins Gewissen zu reden und ihm den rechten Weg ins Leben zu zeigen. Und wenn Ihr Junge so einen Ratschlag mit Mord rächen muss, hätte er ohnehin nie ins Priesteramt gepasst! Das können Sie ihm gerne ausrichten. Basta!“ Mit zitternder Hand drückte Klara den Hörer zurück auf die Telefonstation. Es dauerte eine Weile, bis sie aufgeregt ihr Taschentuch aus dem Ärmel gefingert und damit zuerst über die Augen, dann über die Wangen gewischt und sich schließlich die Nase geputzt hatte.

Dann stand sie schwer atmend da, stützte sich mit einer Hand auf der Schreibtischkante ab und legte die andere auf ihr Herz. „Nein, was hab ich mich gerade aufgeregt ... Das gibt doch wieder Sodbrennen!“ Damit setzte Klara sich in Bewegung und schlurfte aus dem Büro auf van Kerkhof zu.

Dieser bedachte sie mit einem verständnisvollen Blick. „Mutter Zischler ...“, sagte er nur und nickte dazu.

„Genau die!“, sagte Klara.

„Das war deutlich, was Sie da zu ihr gesagt haben.“

„Das war genau das, was ich denke, Herr Pfarrer!“ Klara wandte sich ab und verschwand kurz darauf in der Küchentür. Von dort drang bald das vertraute Klappern und Knistern zu ihm in den Hausflur, begleitet von Klaras ärgerlichem Schimpfen: „Wo sind die Dinger denn nur wieder, verflixt und zugenäht!“

„Ihre Tabletten habe ich zuletzt auf der Fensterbank gesehen, liebe Klara!“, rief er ihr zu, und während er schmunzelnd den Kopf schüttelte, spürte er, dass es ihm plötzlich so gut ging wie schon lange nicht mehr.

Die Autoren

Christiane Fuckert lebt mit ihrer Familie im Westerwald. Die gelernte Bankkauffrau widmet sich heute dem Schreiben von Romanen, Kurzgeschichten, Kinderabenteuern und Liedtexten. Veröffentlichungen erfolgten bisher vorrangig im Verlag Christoph Kloft. Sie ist Mitglied im rheinland-pfälzischen Schriftstellerverband.

Christoph Kloft, geboren 1962 in Limburg, studierte in Mainz, Gießen und Koblenz Germanistik, Allgemeine Sprachwissenschaft, Komparatistik und Katholische Theologie (Abschlüsse: Magister Artium, Staatsexamen Lehramt an Realschulen). Nach Volontariat Redakteur bei einer Tageszeitung. Elternzeit, danach mehrere Jahre im Schuldienst. Seit 1998 freiberufliche Arbeit als Schriftsteller und Journalist. Veröffentlichung von Romanen, Kurzgeschichten und Sachliteratur. Seit 2004 auch Verleger (Verlag Christoph Kloft). Mitglied im rheinland-pfälzischen Schriftstellerverband (VS). Verheiratet seit 1992, vier Kinder. *Internet: www.christoph-kloft.de*